皖美如初

李学军◎著

全国百佳图书出版单位
时代出版传媒股份有限公司
安徽人民出版社

图书在版编目(CIP)数据

皖美如初/李学军著.—合肥:安徽人民出版社,2015.10
ISBN 978-7-212-08400-4

Ⅰ.①皖… Ⅱ.①李… Ⅲ.①散文集-中国-当代 Ⅳ.①I267

中国版本图书馆 CIP 数据核字(2015)第 252635 号

皖美如初

李学军　著

出 版 人:胡正义　　责任编辑:刘　超
责任印制:董　亮　　装帧设计:陈　爽

出版发行:时代出版传媒股份有限公司 http://www.press-mart.com
安徽人民出版社 http://www.ahpeople.com
合肥市政务文化新区翡翠路 1118 号出版传媒广场八楼
邮编:230071
营销部电话:0551-63533258　0551-63533292(传真)
制　　版:合肥市中旭制版有限责任公司
印　　制:安徽联众印刷有限公司

开本:700mm×1000mm　1/16　印张:13.5　字数:160 千
版次:2015 年 10 月第 1 版　2015 年 10 月第 1 次印刷

标准书号:ISBN 978-7-212-08400-4　定价:28.00 元

目录

【徽州寻梦】

闲读山水

（自序）

清人张潮在《幽梦影》中写道："文章是案头之山水，山水是地上之文章。"如此所云，潜心阅读无异于观赏一路风景，一路行走则如同品读佳作名篇。

在交通便捷的现代社会，"行万里路"早已不是难事。不少人把"走遍中国"甚至"走遍全球"作为自己的旅行目标，有人还尝试起"太空旅游"。陌生的远方，因为知之甚少，总是有些神秘，让人心生向往。

很是羡慕那些时常周游四方的远足者，能够观赏他乡风光，可以体验异域风情。作为一个土生土长的安徽人，我少有远行的机会，更多的时候，只是行走在江淮大地。然而，对于这片土地，关系密切但时常熟视无睹，非常亲近却往往知之不深。

一个职场上奔走的人，如果只是忙碌于稻粱之谋，极易因此而忽略身边的诸多精彩，就如同登山途中只顾埋头赶路，错过并辜负了一路美好风光。对于安身立命而言，工作和事业无疑非常重要。然而，一个缺乏人文情怀的人，终究难以安顿此心，有些愚昧可悲。多年已过，蓦然回首，自己一直处于迷茫之中。

值得庆幸的是，赖以立足的这方土地底蕴深厚。自然风光，独具魅力；豪杰名流，出类拔萃；历史遗迹，灿若星辰。这一切，不仅让人着迷，而且令人敬重。

于是，得闲之时，逃离俗务，抽身置于近处山水，或醉心于山川秀色，或沉缅于遗存古韵，或感怀于往事踪影，行走之间，体会作为一个安徽人的骄傲和自豪。偶尔涉足他乡，也会下意识地与家乡联系起来，有时还会产生一见如故的感觉。其实，他乡与故乡未必能够截然分明。

更多的时候，独坐灯下，一卷在手，在字里行间神游前尘往事，享受借助文字穿越时空的畅快。从世事万象的变迁间，从风云人物的际遇里，从先贤前哲的点拨中，感受人世的无常，觉察人性的难测，体会人情的冷暖，领略人生的悲欣，丰富自己的生命体验。每当此时，现实生活里的所有烦扰总会淡然而去。每个寻常的日子，因此变得有滋有味，变得富有情趣。

这样的内在体验，对于原本比较平庸的人生而言，应该属于一种虚拟化的自我超越吧。有点类似沉迷于网络游戏的玩家，更像是戏路宽广的影视演员，在另外的空间中成就幻化的自我，非凡而神奇。这种特别的感受，令人乐此不疲。

故园乡愁，时常萦绕在梦里；山水往事，则可尽兴揽入情怀。每当立足于俯瞰岁月沧桑、气象万千的历史制高点时，个人总是那样渺小，生命总是如此短暂，眼前的得失往往变得无关紧要，一些看似过不去的沟沟坎坎也终究能够跨越或绕过。天地悠悠，云淡风轻，入眼都是景色，一路风光无限。

有人说：思想和身体，总该有一个在路上。尘世间，每个人都是匆匆过客,人在旅途其实就是我们的生存状态。所谓游览,虽说与外在的远近相关,但是更在于内心感知的多少与深浅。就像多维度的人生,除了时间轴的长度,还有思维轴的广度、学识轴的密度、境界轴的高度,以及健康指数、幸福指数,如此等等。人生旅程,独行在所难免。旅途中有时单调而无聊,孤寂且无助。然而,如果有山水相伴,有文章相随,这样的旅行也就不太乏味了,甚至还会渐入佳境。

无论山水,还是文章,贵在仔细品读。“读为益智,读为陶情,读为明理,读为修身”,不涉及功利,只关乎自我。或许,这才是游览与读书真正的令人愉悦之处。

徽风皖韵,美不胜收;乡情故土,久读不倦。一方水土,不仅养育着我们身体,也滋养着我们心田。于是,不再刻意追寻那些传闻中的奇观异景,而是更加在意和珍惜每一段似乎是注定相遇的山水情缘,如同与各位良师挚友幸会相识的情分。行迹所及之处,兴致所起之时,每每情之所至,时而思之所发,点点滴滴的感受,随键盘的敲击声在指间流淌,汇聚成一行行文字,乐趣自在其中。

风景看不够,往事读不尽。边走边读,体会很多,于是就有了这本《皖美如初》。如初即如故,是追寻本真的回归;如初即如新,是有所收获的发现。皖美如初,美在朴实依然,美在常读常新。

“不忘初心,方得始终。”或许,感受皖美如初,需要我们始终保持着那份初心。

其实,不管何时,无论何地,初心若在,好梦就在,好运也会自然相随。虽说难以置信,往往的确如此。其中缘故,可能只有上苍知道。

限于学识和笔力,书中文字难免存有谬误之处,欢迎各位专家和读者朋友批评指正。

借此机会，感谢刘政屏先生为本书出版提供的帮助，感谢责任编辑刘超先生的辛勤付出。同时，感谢一直关心和支持我写作的家人和各位朋友。

碎语片言，东扯西拉，就此收起，聊以为序。

李学军

2015年7月于合肥

皖江掠影

在这个世界上，许多问题就是如此不可思议。然而，人类智慧总是超出我们平常想象，大自然的造化更是时常展现出魔幻般的神奇，而历史发现往往带给我们触目惊心的感叹。我们俯身捡拾那些残破的瓷片，轻轻抚摸着古窑址的坑壁周边，依稀可以感触这块土地留存的远隔千年的历史余温。

——《寻访繁昌窑》

齐山如书

位于池州城南的齐山，高不过百米，方圆约5公里。虽不高大，但清幽古朴；看似寻常，却名胜众多、底蕴深厚。印象中，峰峦连绵的齐山，如同精美绝伦、内涵丰富的系列丛书。

齐山如书，如同一本水墨画册。

齐山三面环水，四周丘陵起伏。远眺湖光山色，“参差列岫似围屏，斜压湖天十里青”，分明就是自成一体的泼墨写意之作。近看山林之中，“无岩不是玲珑体，有石皆成皱瘦纹”，洞壑泉峡，星罗棋布，竹木藤蔓，点缀其间，颇具“文人画”神韵。

千姿百态的岩溶景观是齐山的特色之一。据史志载，齐山有32洞、13岩、2峡谷、11泉，“齐山洞天”为古池州十景之首。山径两侧，诸多奇形怪状的石头令人目不暇接、浮想联翩。“骧首石”酷似骏马，“玄武石”形同巨龟，惟妙惟肖，让人叫绝。“小九华”景区宛如一处硕大的天然盆景，把九华山“九峰竞秀，神采其异”的秀美风光浓缩其中。“齐山以石胜，更以洞奇”，散落山中的华盖洞、石燕洞、罗汉洞、左史洞等溶洞，或口敞宽大，或幽深曲折，或险不可探，各具特色。流连山间，移步换景，如行画中。

自唐代以来，众多文人墨客慕名而至。他们在齐山留下200多处石刻，至今尚有百余处清晰可见，其中有据可考的近60处。齐山摩崖石刻，多为阴刻，少则一两字，多则上百字，内容以记事题景为主。字体大在二尺余，小者仅半寸见方，篆、隶、楷、行、草各种书体俱全，风格多样，极富韵致。有北宋至和二年郡守吴中复题写的篆书“寄隐岩”，明万历五年安徽道副使冯叔吉的楷书“华盖洞”和“左史洞”，清乾隆年间安徽巡抚赵国麟的楷书“万壑云涛”等。寄隐岩的石壁上，“齐山”二字赫然醒目，八分书体，似篆似隶，笔力遒劲，每字二尺见方，为宋时池州刺史包拯所题。其中的“齐”字，宛如大眼长须的京剧脸谱，颇有几分舞台上“包青天”的神采，别有意趣。

这些摩崖石刻，既是难得的书法作品，也是珍贵的历史记忆。铭刻在山石上的文字，依稀是山水画中的题款和印记，与山林美景交相辉映，融为一体。

齐山如书，如同一本诗文总集。

翠微亭位于齐山西巅，为唐代著名诗人杜牧任池州刺史时所建。亭成之后，诗人张祜来访，正逢重阳，二人同登齐山游翠微亭，杜牧即兴赋《九日齐山登高》：“江涵秋影雁初飞，与客携壶上翠微。尘世难逢开口笑，菊花须插满头归。但将酩酊酬佳节，不用登临叹落晖。古往今来只如此，牛山何必泪沾衣。”张祜作《和杜牧之齐山登高》：“秋溪南岸菊霏霏，急管繁弦对落辉。红叶树深山径断，碧云江净浦帆稀。不堪孙盛嘲时笑，愿送王弘醉夜归。流落正怜芳意在，砧声徒促授寒衣。”唱和之间，雅趣自现。

随后，历代游人纷纷题咏齐山美景。绣春台座落在齐山的最高处，宋宁登瀛游览时作《绣春台》：“绣春台上天光明，绣春台下湖水清。天光湖水互相映，人在齐山高处行。”明康范生赋诗《华盖洞》：“齐山片石总齐峰，此洞回环更几重。共叹神工难拟议,权将华盖想形容。云封谷背疑藏虎,水满湖头好卧龙。闲眺莫愁归路晚,长堤月下缓扶筇。”清胡镛《万壑云涛》诗曰:“乱石如云叠浪高,分明万壑卷秋涛。游人叫绝心胸阔,欲向沧溟钓六鳌。”

有石刻记载,明正德年间,山中建有齐山书院和二老亭、上清岩亭、福寿岩亭等6座亭子。齐山还建有寺庙,宋代诗人杨万里曾赋诗《宿池州齐山寺,即杜牧之九日登高处》:“我来秋浦政逢秋,梦里曾来似旧游。风月不供诗酒债,江山长管古今愁。谪仙狂饮颠吟寺,小杜倡情冶思楼。问著州尼浑不识,齐山依旧俯寒流。”然而,时光一去不回,很多昔日景观和情境已无法再现。值得庆幸的是,从诗文里我们还能找寻那些失落的踪影。

齐山不大,但点多面广,难以游遍。因“有待而游”,山中一岩壁被命名为“有待岩”。唐池州刺史李方玄《有待岩记》曾刻于石壁,记曰:“秋浦千重岭,而水车岭为最奇;齐山之泉大小凡十一,而半岩为胜;岩壁之号凡十五,而有待为大;岩壑凡九,而上清为最;洞之号凡十四,而潜虬尤清幽。游者徜徉山间,穷日之力,不能徧览。”不足百字,高度凝练,齐山精髓,尽在文中。

如此佳作名句,不胜枚举,仅《齐山岩洞志》中收录的诗词、歌赋、铭文题记、游记等文学作品就有千余篇之多。

齐山如书,如同一部历史典籍。

齐山之名来历,说法有二:一说齐山十余座山峦几乎等高,十分整齐,故而得名;另一说是唐贞观年间齐映任池州刺史时,因“有惠政于池,后人仰其功德,以其姓而命山名”。

后一说法被广为接受。司马光《齐山呈王学士微之》云:“江上有齐山,群峰矗如剪。昔闻齐刺史,置酒升绝巘。其人有惠政,嘉名自兹远。君

包拯手迹

来踵其迹，词牒日清简。骤驹时入谷，胜地穷搜选。问俗复怀人，非徒事游衍。”相传，包拯正是因为赞赏这一说法，欣然挥毫，题写山名。

“冶春园”位于齐山脚下，徽派风格建筑。其中的“忠廉堂”类似包公祠，两边楹联：“照千秋念当年铁面冰心建说言不希后福；闻百世至今日妇人孺子颂清官只有先生。”堂中供奉着两米多高的包拯塑像，匾额书有“节亮风清”四个大字，周边是其生平事迹展示。包拯于宋仁宗至和二年（1055年）因“坐失保任”即举荐官员不当受到连累，由刑部郎中降为兵部员外郎，出任池州知府。包拯不为仕途挫折困扰，尽心办理疑案和惠民实事，留下了“铲除恶霸陈半州”“巧断浮江尸”“包公井”等传说，其为官一任、造福一方的佳话世代相传。

抗金名将岳飞也在齐山留下踪迹。宋高宗绍兴四年（1134 年），岳飞奉诏解庐州之围，从鄂州出师，途经池州，驻军齐山翠微寨，并赋七绝《池州翠微亭》：“经年尘土满征衣，特特寻芳上翠微。好水好山看不足，马蹄催趁月明归。”位于翠微寨旧址的“岳飞广场”，中央矗立着岳飞塑像，战骥相伴，披坚执锐，雄姿勃勃。后方巨岩上，刻有其手迹“还我河山”。塑像前是碑刻长廊，为名家手书的缅怀文字。“冶春园”中，见有几块残破的石件，其中一块青石板上，“岳公祠”三个字清晰可辨，该祠现已无存，想必为前人祭奠岳飞所建。

千秋功过，自有评说。忠贤英名，百世流芳。子曰：“见贤思齐焉。”不妨稍作变动：“见齐思贤”——游齐山，怀先贤。

每次到池州，得闲必游齐山。虽足迹所至不广，却屡有意外收获。齐山如书，百读不厌；齐山如书，常读常新。

（2014 年 6 月）

寻访繁昌窑

沿着热闹的街道南行，穿过繁昌县城，就望见不远处的山冈以及错落有致地散落在山冲里的人家。越过城郊的马仁山路，一条小道旁竖立着“全省重点文物保护单位柯家村遗址”标志牌。我们此行就是前来探访以最早烧制青白瓷而闻名于世的繁昌窑遗址。

柯家村，当地人习惯称作柯家冲。驻足村口，眼前是成片的菜地，绿色的田野被盛开的油菜花黄灿灿地点缀着；远远看去，山坡上树林茂密，郁郁葱葱。村中大多是二三层的小楼房，看得出这是一个比较富足的小山村。房前院内，随处可见桃红梨白，争相绽放，几只鸡不急不慢地在草丛间觅食，一幅典型的田园人家画面。我们不禁有些疑虑，这里难道就是曾经烟熏火燎的古瓷窑所在的地方？

走到村子尽头，一路上没有发现古窑的踪迹，也没有看到什么指示标志。经询问，一位热心的老乡为我们指明了方位。从一座简陋的小桥折向村子的西边，只见小路上、菜地旁、草丛间、树林中随处可见零零星星地散落的碎瓷片。再向前去，是一处墓地和一口水塘，小路也随即消失在一片茂密的竹林前。回头向北，继续寻找，终于在一片杂树林间，我们看到了一处已发掘的古窑遗址。

这处古窑看上去是顺山势而建的。一条长达好几十米、宽三四米、一人多深的坑底里,泥土中沉积着许多瓷器残片。这些残存的瓷片,有的像是支离破碎的坛坛罐罐,有的像是摔烂的碗碟碎片,有的像是烧结损毁的废弃品。据称,在繁昌县城南郊与西郊的丘陵山地分布着不少类似的古窑遗址,除柯家冲窑,还有骆冲窑、新塘窑、西门窑、半边街窑等。透过眼前这处窑址残存的数量惊人的众多瓷片,我们仿佛可见昔日那“炉火照天地,红星乱紫烟”的辉煌壮观的场景。

我曾经参观过淮北市中国隋唐大运河博物馆,其中展出了从古运河出土的几乎涵盖了全国著名窑口的大量瓷器,有定窑、均窑、长沙窑、寿州窑、景德镇窑等,繁昌窑也列于其中。繁昌是我的故乡,但我对“繁昌窑”却甚感陌生。于是,在有些惊愕的同时,又感到有些亲切。

我久久伫立在繁昌窑的展柜前,欣赏着其中陈列的执壶、托盏等精美瓷品,仔细阅读着介绍文字:“繁昌窑,创建于五代,兴盛于宋代早、中期,衰退于宋末元初,是一个以烧制青白瓷生活用品为主的民窑,也是长江下游专烧影青瓷的重要窑厂。并曾经为南唐宫廷烧制过贡瓷,在我国瓷器发展史上占有重要地位,所烧器物造型工整,素雅青白、古朴大方,有较浓的地方特色和时代特征,其胎质较薄,釉面光润,有开片,以光素无纹者居多,也有少量刻花、印花装饰,朴素无华。”

传世名画《韩熙载夜宴图》中,展现了南唐重臣韩熙载家宴、舞乐的场面。有研究认为,夜宴图中所描绘的瓷器,如执壶、温酒壶、荷花托盏等,无一不是繁昌窑的产品。而北宋徽宗时画院画家张择端所绘制的《清明上河图》中,画有卖瓷器的商铺,店面招牌即为“青白磁铺”。由此我们可以得知南唐时期繁昌窑瓷品的非凡风采和随后青白瓷的世间流行。

相对于其他古窑口，繁昌窑被发现的时间较晚，20世纪50年代后才逐步进入专家学者们的视野。考古界以地名来冠以“繁昌窑”之名，目的是突出它的两大历史创新：一是创造了青白瓷新种类；二是改变了当初只用瓷石一种原料制作瓷胎的所谓“一元配方”工艺技术，创造了使用瓷石原料加高岭土混合制胎的“二元配方”新工艺，在中国陶瓷史乃至世界陶瓷史上具有革命性意义的创举。毫无疑问，这是陶瓷制品问世以来不可多见的精彩转身和华美亮相。

在我的记忆里，繁昌的瓷器并无多大名气。年少时曾与小伙伴们去县城南门外的山坡上游玩，那里有一个瓷器厂，其产品大多是那个年代乡村人家常用的大粗瓷碗，比较厚实，沉甸甸的，灰不溜秋的。不过，当时处于温饱问题尚未解决的时期，在人们的“革命”意识里，那些精美的瓷器都是带有“封资修”色彩的。说起来，过往的岁月总是给人们留下一些值得回味的历史玩笑。

在很长的时间里，柯家村等处旷野间那触目可及、不计其数的瓷器碎片，犹如时光遗落的零零碎碎、杂乱无章的点滴符号，没有人能够破解其中隐藏的确切含义。但是，尽管繁昌窑遗址年代久远，当地民间仍然流传着关于繁昌窑的传奇故事。

相传繁昌窑的烧造者为柯姓两兄弟，他们烧制的瓷器十分精美，非常畅销。哥哥主要烧制大碗，人称“柯大”，弟弟通常烧制小碗，人称“柯二”。随着二人名气的不断扩大，有一天朝廷突降圣旨，要柯氏兄弟为宫廷烧造龙床。两兄弟接旨后召集工匠日夜监制，终于如期将龙床烧造成功。不料在运送时，由于绳索断裂，龙床被打碎。眼看期限已至，重新烧制已不可能。为免遭杀头之罪，柯姓两兄弟率领工匠们逃到景德镇，繁昌窑从此衰落荒废。

久远的传说毕竟只是传说，其真实性已无从考证。有专家认为，繁昌窑的衰落原因可能与当地高质量的瓷土资源逐渐枯竭有关。但是，现代考古发现反映出这个民间传说也并非是空穴来风，因为繁昌窑确实烧制过贡瓷。

据相关资料，揭开繁昌窑千年之谜的是一位名叫葛召棠的当地人。他在抗战胜利时作为五大法官之一，参与审判了“南京大屠杀”的元凶日军中将谷寿夫。新中国成立后，葛召棠进入安徽省博物馆工作。在回到故乡进行田野考察时，他看到山坡上的瓷片遍布于地表，有些地方稍作挖掘便可以看到厚达几米的堆积，而县志里并无记载。出于职业敏感，葛召棠将这些瓷片带回去进行鉴定，被确认是宋代的瓷器。于是，一直以来深藏不露、秘不示人的繁昌古窑的厚重面纱终于被撩开了一角，这或许就是所谓的必然性中的偶然性吧。不幸的是，葛召棠在1958年被错打成右派，在劳动改造时的一次事故中离开人世。

2002年，考古专家在繁昌发掘出一座完整的北宋龙窑窑址和一处结构独特的作坊遗址，这也是至今发现的我国北宋早期保存最完整的一座龙窑，并出土了较完整或可复原的精美瓷器数百件。繁昌窑遗址还被国务院公布为国家重点文物保护单位。

瓷器是中国的骄傲，英文CHINA一词就有着“中国”和“瓷器”双重涵义。遗憾的是，有关陶瓷方面的知识，我知之甚少。行走在柯家村，似乎有些恍惚。难道就是眼前这些并不起眼的泥土，在那些能工巧匠的手中，经过水的滋润，经过火的煅烧，就变成了“白如玉，明如镜，薄如纸，声如磬”的精美瓷器？就是在这个普通的小山村里，延续至今具有数千年历史的瓷器制品实现了具有里程碑意义的奇妙“进化”？

其实，在这个世界上，许多问题就是如此不可思议。然而，人类智慧总是超出我们平常想象，大自然的造化更是时常展现出魔幻般的神奇，而历史发现往往带给我们触目惊心的感叹。我们俯身捡拾那些残破的瓷片，轻轻抚摸着古窑址的坑壁周边，依稀可以感触到这块土地留存的远隔千年的历史余温。

使用碗碟杯盏对于我们已经习以为常，然而这些瓷品的背后凝结着多少故事、伴生着哪些奇迹，却往往被人们忽视甚至淡忘。现在的柯家村显得宁静而安详，那曾经的烟火记忆大多掩藏在密密的山林中和茂盛的草丛里。扑面而来的春风裹挟着田野间特有的清香，把我们的思绪带回现实之中。走在这个看似普通却不寻常、感到熟悉又有几分陌生的皖南小山村里，我们真切地感受到脚下这片土地的深沉与厚重，一股敬意在内心深处油然而生。

（2011 年 4 月）

东流怀陶公

东至县,是东流、至德两县在 1959 年合并而成。东流镇为原县治所在。据《太平寰宇记》卷 105 记:东流之地“本彭泽县之黄菊乡”。嘉庆《东流县志》说:县署后山,原有菊台,又名菊所、菊圃,相传为渊明种菊处。县城则为“菊邑”。驿馆为“黄花驿”,临江城门曰“菊江门”;门外的鳖石矶,明代建有望江楼,后改名“菊江亭”。

东流镇南的牛头山临江而立,山上高耸着巍峨古朴的秀峰塔,陶公祠就坐落于塔前。祠为砖木仿古结构,一进五间。堂中矗立着陶渊明塑像,昂首而立,傲骨铮铮。高悬的匾额上书有“松菊犹存”四个大字,两边有楹联:“弃彭泽微官松翠菊黄琴书而外醉三斗,开田园诗派韵真辞朴千百年来第一人。”四周墙壁上是关于陶渊明生平事迹和文学成就的介绍。

陶渊明(365 年—427 年),又名潜,字元亮,自号“五柳先生”,世称靖节先生,浔阳柴桑(江西九江)人,被誉为“隐逸诗人之宗”。其曾祖父陶侃为东晋大将,历任荆州刺史、广州刺史等,官至太尉。陶渊明五次出仕,四次归隐。最后出任彭泽县令,终因厌恶官场生活,叹言“吾不能为五斗米折腰,拳拳事乡里小人邪”,在任 80 多天就挂印辞官,归隐田园。

陶渊明任彭泽县令时，东至县的东流古镇为其管辖之地。因与“独爱菊”的陶县令结下不解之缘，东流作为“菊花之乡”声名远扬。

“采菊东篱下，悠然见南山”“秋菊有佳色，裛露掇其英”“酒能祛百虑，菊为制颓龄”“芳菊开林耀，青松冠岩列”“菊花如我心，九月九日开”，从这些咏菊的诗句中，可以看出诗人对菊花的钟爱之情。

菊花素以高洁著称，凌霜盛开，傲岸不屈，为“花之隐逸者也”。显然，菊花这种远离世俗、卓然傲立的品格与陶渊明的精神追求高度契合、融为一体。于是，“人淡如菊”由此成为一种人生态度，代表着一种人生品位。

可以想象，当以菊为友、爱菊成癖的陶县令来到“家家菊尽黄，梁苑独如霜”的东流时，那种欣喜堪比“他乡遇故知”。东流人因敬重这位爱菊之人，建祠祀之，世代缅怀。

田园生活看似美好，其实未必。“种豆南山下，草盛豆苗稀。晨兴理荒秽，带月荷锄归。”为了生计，躬耕陇亩。这样的日子是艰难的，也是清苦的。“风雨纵横至，收敛不盈廛。夏日抱长饥，寒夜无被眠”“饥来驱我去，不知竟何之。行行至斯里，叩门拙言辞”，这些质朴的诗句，真实反映出诗人当时极度贫困的境况。

光鲜外表的背后总是掩藏着不为人知的苦痛和伤痕。在很多人心目中，官场是极具诱惑力的。然而，其中也隐含着委身屈从的种种酸楚和苦闷，甚至不乏你死我活的政治倾轧。而令人向往的“田园生活”又何尝不是如此？除了腰酸背痛的劳累，还有虫害天灾的侵扰，绝非想象中的浪漫逍遥。

但是，在权贵和清贫之间，在压抑和自由之间，陶渊明毅然决然地选择了后者。宁可舍弃所谓的仕途前程，绝不卑躬屈膝；宁可在田地间自食其力，决不丧失自己的人格尊严。显然，这是一种遵从内心所愿、不为世俗左右的取舍。

在不少人的印象中，陶渊明最后辞官，是因为不愿按照礼法整顿衣冠迎接督邮前来视察。可是，实际情况并非那么简单。诀别官场，选择归隐，不只是反映出一个文人的清高和自尊，更体现着陶渊明不与执政者合作的政治态度。

陶渊明一生经历了 3 个朝代，10 个皇帝，战乱不断，篡夺频仍。其间不仅有晋王朝根深蒂固的门阀政治和盘根错节的派系斗争，还有桓玄篡位建楚、刘裕建立刘宋王朝取代东晋王朝的历史剧变。

29 岁时，陶渊明任江州祭酒，他的顶头上司江州刺史王凝之是琅琊王氏的一个不成器子孙。王凝之堪称奇葩式人物，他信奉五斗米道，对这种早期的道教流派甚是痴迷，后来竟然在叛军攻城之际不加防备，而是“请大道许鬼兵相助”，以至丧命，成为时人笑柄。正是因为不甘听从这种昏庸之辈的差遣，且王家与陶家世代存有仇怨隔阂，同是名人之后、一身傲骨的陶渊明愤而辞官走人。

有专家认为，陶渊明的“不为五斗米折腰”，其实是不为信奉五斗米道的王凝之而折腰。相对于“五斗米”是俸禄的注解，这种说法似乎更为合乎情理。不过，二者都反映出陶渊明鲜明的性格特征。

随后，陶渊明再次出仕以求生存，34 岁那年受江州刺史桓玄之邀出任幕府。桓玄谋反之际，陶渊明趁机因母丧而辞职。刘裕大破桓玄后，提拔陶渊明为镇军将军参军。在此之后，陶渊明先后改任江州刺史、建威将军刘敬宣的参军以及彭泽令。在刘宋王朝取代东晋王朝之际，出于对晋室的忠诚，陶渊明不复出仕，彻底归隐。尽管后来朝廷两次征他为著作郎，但他不为所动。

有人对此评论，陶渊明的“不仕二姓”，使他的隐居不出由起初的书生意气变成了最终的遗民心态，由家族记忆升华为更大的家国情怀。《桃花源记》中，那些“不知有汉，无论魏晋”的村民实际上就是一群遗民，那种令人向往的世外桃源寄托着作者超越现实的美好梦想，其中寓意似乎不言而喻。

也有人认为，陶渊明的归隐是一种消极逃避。然而，即使一味地投身于政治漩涡，当时也难以确定跟随目标，究竟哪家政权值得为之誓死效力呢？身处黑暗的乱局里，与其不明不白地盲目拼命，还不如抽身而退，远离是非。这种以简驭繁的选择，也可谓一种处事的智慧吧。

“纵浪大化中，不喜亦不惧。应尽便须尽，无复独多虑。”与那些被迫归隐还乡者不同，从陶渊明身上，看到的不是落魄，也不是凄凉，而是一种远离官场羁绊的超脱，一种融入田园之中的轻松和淡然。或许，只因是自己的选择，纵然耕作劳累，也理得心安；不管多苦多难，也情愿心甘。

陶公祠

陶公祠的院门上,有着这样一副楹联:“逢盛世定不作桃花源记,遇明君哪得赋归去来辞。”照此理解,陶渊明不满官场的黑暗与腐败,不肯趋炎附势,毅然退归田园,是因为身处乱世,是其不得而已的无奈之举。

“归去来兮,田园将芜,胡不归?”这是诗人内心深处发出的呼唤。每个人都希望遵循内心想法选取自己的生活方式,但是,因为太多的制约和顾忌,想要随心所愿、率性而为并不容易。对于现代人来说,面对城镇化的汹涌浪潮,那种“方宅十余亩,草屋八九间,榆柳荫后檐,桃李罗堂前”的田园生活已是难以企及的一种奢望。

进与退,取与舍,因人而异,因时而变,从来没有统一的和绝对的标准。有所得必有所失,人生的选择总是要付出某些代价。当遭遇诸多纷争困扰,面临各种名利诱惑,更多的时候,深陷其中,身心俱疲;淡然而退,自在轻松。

崇尚和追求“田园生活”未必在于外在形式,因为“田园”不仅存在于现实世界里,更存在于人们的精神世界中。一个人如果心中存有“田园”,就会拥有一片安宁的天地。就像诗人所云:“问君何能尔?心远地自偏。”

陶公祠又名靖节祠,始建年代已无从考证,明弘治三年(1490年)复建,后移建于今址。前来游览拜谒者,不乏历代名流的身影,并留下许多珍贵诗文。明代东流县令杨季芳的《菊台》诗曰:“陶公非是爱黄花,花与陶公本一家;懒向春风亮丽色,自甘秋露缀英华。”明代兵部尚书于谦《过菊江亭》云:“仗履逍遥五柳旁,一辞独擅晋文章;黄花本是无情物,也供先生晚节香。”

“沧江百折来,及此始东流。”走出陶公祠,眼前就是被称为“菊江”的滚滚长江,浩浩荡荡,万古奔流。虽然不是菊花开放的时节,我却分明闻到了江风中飘过的阵阵菊香。

(2014年6月)

游铜山寺

清明节回乡，来到芜湖市三山区响水涧。听说附近铜山寺值得一游，就与妻儿陪同老母亲欣然前往。

山以铜为名似乎不少，当地就有3处。这一带原属繁昌县，据道光年间《繁昌县志》载："邑称铜山者三：一在春谷乡；一在金峨乡；一在铜官乡。"我们去的铜山"在县东南三十五里铜官乡桃冲铺。山有仙人洞，洞旁有涌珠泉。李太白诗'我爱铜官乐，千年未拟还'是也。山下为铜山寺"。只是时过境迁，当初的"铜官乡桃冲铺"现为峨桥镇石谷村。

通往铜山寺的，是山坡间一条弯曲起伏、略显狭窄的水泥道。寺院位于山坳处，远远可见其门前高耸挺立的古银杏，枝繁叶茂，郁郁葱葱。上有挂牌，标明是国家一级古树，树龄1000多年。坚实粗壮的树干，大约需要五六人张开双臂才能合围，旁边紧挨着长出一棵小树，仿佛祖孙相依，亲情浓浓。

70多岁的老母亲将腰杆挺得笔直，与身高1.8米已是小伙子的孙子在古树下合影留念，很是开心。

古树一侧，立着几块石碑，有的残缺不全，不少字已模糊不清。有块碑记称这棵树是唐代一斋公栽植。尽管饱经一千多年风霜雪雨，历经多次战乱动荡，可是古树依然青春焕发，老当益壮，令人萌生敬意。“老寿星”的枝干上，系着很多许愿的红色飘带。显然，这棵老树已经成为人们祈福的对象和圆梦的寄托。

铜山寺，原是石谷村张氏家庙，建于唐朝初年，至今已有1300多年历史，为当地有名的古刹之一。千百年来，几度损毁，又几度修复。寺院现为几间民居式平房，翠林环绕，素朴雅静。

千年银杏树

银杏树、涌珠泉和神仙洞被称为“铜山三奇”。涌珠泉在寺庙的后院，泉眼边的岩石上刻有“涌珠泉”三个大字，小字有“太平府胡四爷题”等。从近旁碑刻《涌珠泉颂》得知：此泉“由明万历进士太平府推官胡永顺命名，清乾隆皇帝御笔题字，熙纯老方丈刻石”。看后有些糊涂，没搞清楚眼前的“涌珠泉”究竟是谁题写。碑文又言此泉“明净碧透，清澈照人，时而涟漪轻泛，有珠涌出，三三五五，飞腾而上”，泉中“小虾如粒，小蟹如钱，出没其中，人来不惊”。细看泉水，果真清澈。遗憾的是，我们没能看到“有珠涌出”，也没寻见小虾小蟹。他们是消失了，还是故意躲着呢？

寺前数百米，穿过一片茶园，再沿竹林中的小路前行，不远处就是神仙洞所在。传说此洞是古代陈仙翁炼金丹之处，洞内犹如仙境。洞有两个入口，下面的较小，仅容一人弯腰进出。上面的入口较大，几个学生正在洞口戏耍。顺着台阶走下去，里面甚是开阔，估摸能容纳二三十人。没带照明工具，不敢继续深入。探洞的学生说，洞内曲曲折折，有好几十米长。洞口周围，草木茂盛，山花点缀，野趣盎然。

据介绍，铜山寺的碑刻中，有“石达开诗退曾国藩”的记载。说是“天京事变”后，太平天国名将石达开遭到猜忌，于是出南京经芜湖至石硊渡过漳河，往西求存。相传，石达开曾息马于古银杏树下的铜山寺。曾国藩投书劝石达开投降，石达开赋诗予以回应，其中有“若个将才同经纬，几人佐命等萧曹”“满眼河山罹异劫，到头功业属英豪”等诗句。也许是英雄之间的惺惺相惜吧，曾国藩读后有所感触，于是退兵二十里，石达开则西撤安庆，一场血战就此避免。

此事并非空穴来风。史料记载，曾国藩确曾劝降石达开，石达开则以《答曾国藩诗五首》回复，回顾平生，抒发己志，才气横溢，气节可见。然而，跌宕起伏的世事变化，往往关乎每个人的未来走向。太平军大势已去，石达开最终惨遭厄运。

玉碎瓦全，有时就在一念之间；成败得失，并非评判人生的决定性因素。乱世之中，即便是豪杰英雄，又有几人得以善终？或许，只有眼前的千年银杏，见惯了风雨沉浮，才会视所有一切都为过眼云烟吧。

来铜山的游人不多，也无需购买门票。与那些人满为患的知名景区相比，这里似乎并不逊色，而且多了几分清幽和宁静。我们一家人随意而行，边走边聊。和煦的春光，轻拂的微风，清新的山野气息，让人沉醉忘归。

（2014年4月）

寻迹华阳洞

知道褒禅山和华阳洞，缘自王安石的《游褒禅山记》。无意中，得知褒禅山坐落在距离合肥不远的含山县，便产生了前去一游的念头。

一个秋日的上午，我们顺道来到褒禅山。这里位于含山县城东北 7.5 公里处，是江北的一片丘陵地带。与皖南的诸多峻岭高山相比，褒禅山并不起眼，其海拔只有 204 米，相对高度 180 米左右，显得有些玲珑袖珍。尽管看上去郁郁葱葱，可是山中树木并不高大，许多都是从岩石缝中顽强地挤出身来，颇有些石破天惊的意味，令人感受到天地之间生命力的顽强和伟大。

佳作名篇也是极具生命力的。比如王安石的《游褒禅山记》就经久流传，并入选当今中学课本。

在这篇文章的开头，王安石就介绍：褒禅山亦谓之华山，唐浮图慧褒始舍於其址，而卒葬之；以故其后名之曰"褒禅"。今所谓慧空禅院者，褒之庐冢也。距其院东五里，所谓华阳洞者，以其乃华山之阳名之也。

查阅资料，有人考证："褒禅山属于大别山余脉，它与西面的黄莺山、昭关，东面的华阳山、鸡笼山等连绵成一条东西走向的巨蟒，横亘于原巢湖地区的巢县、含山、和县之间。王安石《游褒禅山记》涉及其中三座山峰：一是褒禅山，慧空禅院所在地；二是华阳山，前洞及仆碑所在地；三是马山，后洞所在地。”

按此说法，褒禅山与华阳山未必是同一座山。作为一名外地游客，王安石对此描述得或许并不确切。不过，华阳洞的洞口倒是就在眼前的山脚下。据介绍，华阳洞深1600余米，有10大景区、102个景点。洞群分前洞、后洞、天洞、地洞，特点是“洞中有洞，洞里有河。河上泛舟，洞洞相通”。

一汪碧潭之上，有座小桥，过桥就是前洞的洞口。洞口边，立有王安石手书的“华阳洞”石碑，还有舒同先生题写的“天下第一洞”石碑，石壁上方刻有“万象皆空”等文字。紧挨洞口，“有泉侧出”，清澈的泉水汩汩流淌。

进入洞中，先要乘船通过几十米的地下河。随后，洞中的景致就呈现眼前。造型各异的钟乳石，有的像动物，有的似佛像，有的如国画，如此等等。不过，感觉上，这里与池州的大王洞、祁门的蓬莱仙洞等相比，没有多少特别之处。洞内据称是古人留下的摩崖壁画，由于重新描绘后，显得过于清晰，反而觉得有些失真。

山并不高，洞也不算深，却引得游人纷沓而至，看来还是因为名人名文的缘故。王安石是宋代著名的政治家、文学家，是“唐宋八大家”之一，其文章的影响力自然不可低估。

《游褒禅山记》是王安石在宋仁宗至和元年(1054年)任舒州通判时写的一篇叙议结合的游记。常言说“文如其人”。这篇作品既体现了其散文“雄健峭拔”的风格，也反映了他为人处世的一些特点。

“距洞百馀步，有碑仆道，其文漫灭，独其为文犹可识曰‘花山’。今言‘华’如‘华实’之‘华’者，盖音谬也。”对“花”和“华”的辨析体现了王安石爱钻字眼的习惯。据说，王安石著有《字说》，其中把汉字“波”解释为“波者，水之皮也”。苏轼读后笑称“然则滑者，水之骨也”。王安石把“笃”字解释成“以竹鞭马为‘笃’。”苏轼则戏曰:“以竹鞭犬,有何可‘笑’?”一段趣事,流传至今。

因同行者中“有怠而欲出者”,王安石游兴未尽,“亦悔其随之”,显得郁郁寡欢。其实,完美的境界永远只是人们无法企及的一种追求,如此小小的遗憾在漫漫人生中是微不足道的。不过,“咎其欲出者”不太厚道,互相埋怨不仅有煞风景,而且无济于事。

“世之奇伟、瑰怪、非常之观,常在於险远,而人之所罕至焉,故非有志者不能至也”和“尽吾志也,而不能至者,可以无悔矣,其孰能讥之乎?此余之所得也”是王安石此行的感悟,借事喻理,可谓小中见大。不过,如此直抒胸臆,说教意味颇浓。或许,志向远大、常怀忧国之心而又自命不凡的人大多如此吧。

由于探而未果、怀然于心,因为过于在意、难以释怀,于是,其貌不扬的褒禅山和并不奇特的华阳洞就出现于王安石的笔端并扬名天下。实际上,险远之处未必一定存有所谓的“非常之观”。探秘只是人的好奇心使然,就如同人们总是以为“得不到”的是最珍贵的一样。所谓“无悔”,可能只是结果不如意时某些人的一种自我安慰而已。凡“尽吾志”者,谁不期望好梦成真呢?只不过,人世间有着太多的遗憾。更多的时候,我们只能无奈地接受客观现实。在现代灯光的映照下,我们虽观赏了整个山洞的全貌,并未获得出乎意外的惊奇之感。

王安石也明白,目标的达成不仅需要有“志”,而且需要有“力”和有“物”。然而,过分强调“志”的重要而忽略其他,未免失之偏颇。“志”是主观因素,“物”是客观因素,在我看来,“力”则是主客观相结合的因素。很多时候,我们难免会“力不从心”,借助“外力”这时就显得尤为重要。如何能让众多的同行者成为“志同者”,并且能够齐心协力,其中的学问无疑是很深的。如果任凭主观行事，往往难以成就大业。

王安石人称“拗相公”，颇有个性。作为一个号称“天变不足畏，祖宗不足法，人言不足恤”的改革家，他竭尽全力变法，不惜与众多的亲朋好友决裂。由于过于激进，加之用人不当、树敌过多等原因，尽管愿望美好，思路超前，但最终没能如愿以偿。列宁称其为“中国十一世纪时的改革家”。但是，一些史学家将其视作造成北宋灭亡的罪恶祸首。有人认为，性格方面的缺陷亦是其改革遭受惨烈失败的重要原因。莫非，果真“性格决定命运”吗？

通常情况下，事情的结果总是最有说服力的。壮志未酬，抱憾终身，王安石遭受到人生中最为沉重的打击。其实，王安石变法失败不仅是其个人的悲剧，也是一出令人叹息的历史性悲剧。

说起来，出游理应是件轻松快乐的事。探幽访胜，赏景思古，各取所需。想到远隔千年王安石一行的游玩，这位王大人当时似乎是思前虑后，心神不宁，撰文作记时又将闲适的游玩与严肃的治学处事的大道理联系在一起，那一本正经、若有所思的样子和有些执拗的劲头依稀浮现在眼前，有些可爱，也有些可悲。

导游介绍，当初王安石进入并扫兴折返而归的就是这里的后洞。从后洞口拾阶而上，已是山顶处。放眼望去，有寺庙隐现在山林之间，显得幽静而古朴。顺着蜿蜒的山间小道轻松而下，温暖的阳光透过树阴洒落在我们身上，山野间特有的清新气息沁人肺腑。一些不知名的小花在路边灿烂地开放着，一如我们此刻的心情。

想必，普通人有时所获得的简单的人生乐趣，那些名人大家们也是难以体会到的，如同我们难以读懂他们一样。

（2010年11月）

见识桐城

身临历史文化名城桐城市，如果不到文庙和六尺巷，可谓白来一趟。因为，这两处堪称桐城文化的标志性历史遗存。

文庙，又称孔庙，是各地为推崇儒学而建。桐城有着“中国文都”之称，文风昌盛，名人辈出，自然对文庙更为看重。桐城文庙位于古城中心，周边洋溢着浓厚的商业色彩和强烈的现代气息。不过，在门前广场的映衬下，视野中这处“飞檐流丹”的古建筑群显得纵深而幽远。

据介绍，桐城文庙始建于元延祐年间，距今近 700 年历史。现今，门楼上的“文庙”两个鎏金大字很是醒目，出自赵朴初先生手笔。走进院内，首先映入眼帘的是四柱冲天的石坊棂星门，紧接着就是跨越泮池之上的泮桥（又名状元桥），随后是悬挂着“圣集大成”匾额的大成门，最里面是飞檐凌空的主体建筑大成殿。庭院两侧，建有东西长庑。大成殿中，供奉着孔子塑像。整体建筑庄重大气，古朴典雅。

桐城文庙现为桐城博物馆。我们首先参观的是“严凤英艺术生涯陈列”，该展览以“黄梅戏造就了严凤英，严凤英发展了黄梅戏”为主题，全面介绍了黄梅戏表演艺术家严凤英不平凡的艺术生涯和所取得的杰出成就。

严凤英(1930年—1968年),桐城市罗岭镇(今安庆市宜秀区)人,一生坎坷,从小参加草台戏班,漂泊卖艺,新中国成立后调到安徽省黄梅戏剧团,步入黄梅戏艺术殿堂,先后主演了《天仙配》《女驸马》《牛郎织女》《打猪草》《江姐》等近50个大小剧目。“文化大革命”中,严凤英因受迫害自杀身亡。展厅中,陈列着赖少其用金农漆书书写的《落花曲·吊严凤英》:“十年落花无数,何来锦囊?亦无埋花处。花在泪中难为土,举起招魂幡,犹有伤心处。春满江淮花起舞,燕子已归来,君在九天碧落处。”痛定思痛,令人感伤,但愿悲剧不再重演。

黄梅戏与黄山并称“安徽二黄”,是最具代表性的“安徽名片”,蜚声海内外。黄梅戏不仅造就了严凤英,也造就了王少舫、马兰、吴琼、韩再芬、黄新德等诸多知名演员。作为一个地方剧种,黄梅戏得以广泛流传,主要还是因为台前幕后一大批艺术家们的不断创新,与时俱进。唱腔唱法上,借鉴了其他音乐的成分;伴奏上,建立了以中乐为主的中西混合乐队;特别是艺术表现形式上与电影电视的结合,如此等等,都促进了黄梅戏的传播和发展。一曲黄梅经典《夫妻双双把家还》,在结尾部分吸收了男女声二重唱的歌剧元素,脍炙人口,深受大众喜爱。毫无疑问,创新同样是艺术发展的灵魂。此时,“你我好比鸳鸯鸟,比翼双飞在人间”那熟悉而美妙的对唱仿佛在耳边萦绕,挥之不去,袅袅不绝。

“桐城派”是桐城人引以为豪的文化品牌。“桐城派”又称“桐城古文派”,是我国清代文坛上最大的散文流派。其主要代表人物方苞、刘大櫆、姚鼐都是安徽桐城人,被尊为桐城派三祖。世人把他们及其追随者统称桐城派。“桐城派文物陈列馆”里,系统介绍了桐城派从初创、兴盛到衰微历时200余年的主要过程及重要代表人物。据相关资料,桐城派作家遍及全国19个省(市)计1211人,传世作品2000余种。难怪有人发出“天下之文章，其在桐城乎”的感叹。

展馆中，刘大魁的一幅《题孙孟然品酒图》行书作品引人瞩目。这是一首长为20句的诗作，起首即为：“天上酒星地酒泉，清者为圣浊者贤。古来圣贤皆爱酒，何独于今孙孟然。”随后谈古数典，借酒抒怀，结尾言明“我知酒中有真味”，与李白“古来圣贤皆寂寞，唯有饮者留其名”的诗句依稀有着异曲同工之妙，读来饶有趣味。刘大魁一生坎坷，思想活跃，在散文理论上提出了“神气”说，其文章雄奇恣肆，富有诗意。观其笔墨，酣畅洒脱，字里行间，一个随性率真的形象跃然纸上。

姚鼐是桐城派文学理论集大成者，他不仅是散文大家，而且精于书法。展厅中，陈列着他为书法家邓石如书写的一副楹联：“茅屋八九间，钓雨耕烟，须信富不如贫，贵不如贱；竹书千万字，灌花酿酒，益知安自宜乐，闲自宜清。”能与书法名家亮招交流，足见其笔力深厚。此联自述其志，格调高雅；心有所依，安贫乐道，不慕富贵，旷达平和。姚鼐少年好学，仕途通达，但淡泊名利，中年辞官，讲学四十余年，桃李遍及天下。也许，只有见惯了繁华落寞，方能不为所动，自然也就云淡风轻、泰然自若了。《围炉夜话》云：“有真性情，须有真涵养；有大识见，乃有大文章。”显然，姚鼐的文学建树与其人生境界密切相关。

在文庙参观，为我们讲解的是一位吴姓美女。她娓娓道来，如数家珍，举止不俗，应答从容，颇见功底。心中不由感叹，身受文风熏陶，确实非同一般。

随后，我们来到闻名遐迩的“六尺巷”。六尺巷遗址离文庙不远，位于市区西后街与西环城路之间。巷南为曾经的宰相府，巷北为过去的吴氏住宅。宽约2米的巷道由鹅卵石铺就，全长100多米。两边院内的高大树木越墙相接，绿荫如盖。只是，院墙修葺一新，使得这条古巷缺失了应有的沧桑之感。

据桐城派作家姚永朴《旧闻随笔》记载：康熙年间，名臣、文学家张英，祖宅旁有空地，邻居吴氏越界用之。家人驰书于京都告知，张公阅批："一纸书来只为墙，让他三尺又何妨？长城万里今犹在，不见当年秦始皇。"家人知其意，遂让三尺。吴氏感其义，亦退三尺。六尺巷因而得名。如今，此处为安徽省荣军康复医院，昔日的宰相府和吴氏住宅早已不见踪迹，只有两家的礼让之举成为美谈，世代相传。

故事中，张英的打油诗简明易懂，深入浅出，寓意深长。前两句讲实，言明退让；后两句论虚，高谈古今。退后一步，眼前开阔，宽容自在；站高一步，目及长远，襟怀博大。做人处事，不妨如此。心胸大了，有些所谓的大事就变小了，就显得微不足道了。

置身桐城，感化在"文都"特有的气场中，你会领略到古城文化的雄奇和厚重。见识桐城，令人增长见识，深感不虚此行。

（2013 年 1 月）

寻诗九华山

九华山被称为莲花佛国，与普陀山、五台山、峨眉山并称为我国佛教四大名山。然而，在成为佛教圣地之前，九华山曾是道教的天下。实际上，有着“东南第一山”之誉的九华山原先也只是一座普通的山峰。

同一座山，远近高低不同，古往今来有别。从默默无闻到声名远扬，从寂静人稀到香火鼎盛，从质朴无华到自然与人文景观兼备，神奇的九华山群峰竞秀，精彩绽放。诗仙欣然命名，诗豪为之惊叹；多少文人骚客，无不为之倾心。锦词绣句层见叠出，名篇佳作俯拾即是。

看山，从“是山”到“不是山”进而“还是山”，其中意味，非常人所能证悟。有人说：“一山一世界。”透过弥漫的云雾和缭绕的香烟，不难发现，九华山分明属于诗的世界。毫不夸张地说，九华山是一座诗山。

诗仙定名：灵山开九华

九华山原名九子山。据地方志《九华实录》载：“此山奇秀，高出云表，峰峦叠嶂，其数有九，如儿孙绕膝。”

唐天宝十三年(754年)冬,李白应友人韦权舆,即当时的青阳县令韦仲堪和高霁的邀请,聚会于九子山西麓。几人酒酣兴起,才情激荡,联句唱和,珠联璧合,一气呵成《改九子山为九华山联句》——

妙有分二气,灵山开九华。(李白)

层标遏迟日,半壁明朝霞。(高霁)

积雪曜阴壑,飞流喷阳崖。(韦权舆)

青莹玉树色,缥缈羽人家。(李白)

诗序曰:青阳县南有九子山,山高数千丈,上有九峰如莲华。按图征名,无所依据。太史公南游,略而不书。事绝古老之口,复阙名贤之纪,虽灵仙往复,而赋咏罕闻。予乃削其旧号,加以九华之目。时访道江汉,憩于夏侯回之堂,开檐岸帻,坐眺松雪,因与二三子联句,传之将来。

于是,一座山由此峰回路转,灵气凸显,诗名显赫。

崇奉道教的李白,有着“青莲居士”之称,对于莲花可谓情有独钟;莲花与佛门有着特殊渊源,释迦牟尼“七步莲花”的典故流传甚广;并且,九华山状若莲花,如此巧合,莫非是一种注定的机缘?

可能是爱莲及山、惺惺相惜吧,李白先后三游九华山,沉醉其间,赞不绝口。

昔在九江上,遥望九华峰。

天河挂绿水,秀出九芙蓉。

我欲一挥手,谁人可相从?

君为东道主,于此卧云松。

天宝十四年(755年),李白由金陵溯江赴浔阳,舟行至秋浦江面,遥望九华秀色,想起在青阳任县令的友人韦仲堪,写下了这首《望九华赠青阳韦仲堪》。对九华山的眷念和对朋友的牵挂,尽在诗行之间。

相传,李白游九华山时,曾在山北头陀岭下的无相寺住宿过。今人在无相寺墙壁上的一块碑刻中,发现一度散佚的《唐李白宿无相寺五言古风》:"头陀悬万仞,远眺望华峰。聊借金沙水,洗开九芙蓉。烟岚随遍览,踏屐走双龙。明日登高去,山僧孰与从?禅床今暂歇,枕月卧青松。更尽闻呼鸟,恍来报晓钟。"笔调豪放,逸兴横生。在《秀华亭》一诗中,李白描写了九华山"苍颜耐风雪,奇态灿云霞;曜日凝成锦,凌霄增壁崖"的秀美风光。

李白登山赏景吟诗之时,金乔觉也正在山中苦修,二人是否相晤,史无记载。倘若"诗仙"与"地藏菩萨"会面,论道谈佛或许有所顾忌,论山谈诗则无疑皆大欢喜。

民居式寺院

据称，应韦仲堪盛情邀请，李白曾一度卜居于九华山东崖的龙女泉侧。留下了太白井、太白洗砚池、银杏古树等遗迹。后人为纪念李白，在此建有“太白书堂”。

太白遗风在九华山影响深远，人们览景抒怀，留下了许多追忆李白的诗文。唐代诗人杜牧曾任池州刺史，他在诗中写到：“凌空瘦骨寒如削，照水清光翠且重。却忆谪仙诗格俊，解吟秀出九芙蓉。”（《郡楼望九华》）南宋名臣、诗人王十朋诗云：“九芙蓉自九天来，太史南游山未开。仙境曾经谪仙眼，佳名杰句两崔嵬。”（《望九华》）因为诗仙李白的青睐，迷人的九华山自此诗情纵横，一发而不可收。

诗意山水：披云看九华

九华山的奇异神采和独特风韵，吸引着各路文人雅士纷至沓来。青山绿水，移步换景；四时风光，变化万千。山谷引发共鸣，溪流触动灵感。于是，那些惊讶，那些感叹，那些遐思，化作了一首首璀璨的诗篇。

唐代诗人刘禹锡有着“诗豪”之称，他在游览九华山时写下了《九华山歌（并序）》。在序中，诗人云：“昔予仰太华，以为此外无奇；爱女几荆山，以为此外无秀。及今见九华，始悔前言之易也。”“九峰竞秀”的九华山，令其“奇峰一见惊魂魄”，他要对九华山“歌以大之”：“九华山，九华山，自是造化一尤物，焉能籍甚乎人间！”钟爱之情，溢于言表。

北宋政治家和文学家王安石则为九华山平添了“雄奇”的一笔，他的诗作《答平甫舟中望九华》长达 80 句。九华之美，尽收诗人眼前：“楚越千万山，雄奇此山兼。盘根虽巨壮，其末乃修纤”“萧条烟岚上，缥缈浮青尖”“峨然九女鬟，争出一镜奁”。随后，作者将更多的笔墨用在借景议理的游山心得上，或抒怀咏史，或阐发由某些社会事理所产生的联想，赋予此诗较浓的思辨色彩。叙议结合，似乎是这位“拗相公”的惯用手法。他的《宿化城寺阁》一诗，描绘出宁静清幽的古寺环境，并抒发所感所悟。全诗情景交融，别开生面：

白云如驱羊，满谷不可量。
散作兜罗锦，中藏宝月光。
山窗夜闲静，时闻叶鸣廊。
僧房杳清寐，佛炉篆余香。
吟猿递空壁，宿鸟惊飞霜。
起坐四面顾，芙蓉蔚苍苍。
人生始得饱，岂必二顷粮。
金地黄粒米，当味斋厨香。

明代哲学家、教育家王守仁，世称阳明先生，曾两游九华山，留下吟咏九华山诗赋50余首，被后人辑为《王阳明先生九华诗册》，收入旧版《九华山志》。在九华山，阳明先生饱览山水，访僧交友，流连忘返。游东崖时，他写下《岩头闲坐漫成》：

尽日岩头坐落花，不知何处是吾家。
静听谷鸟迁乔木，闲看林蜂散午衙。
翠壁泉声穿乱石，碧潭云影透晴沙。
痴儿公事真难了，须信吾生自有涯。

阳明先生在东崖效仿金地藏苦修模样端坐峰顶巨岩,“晏坐岩”因此闻名遐迩,后人纷纷寻迹而至。他还数游无相寺并吟诗多首,其中《宿无相寺》云:

春宵卧无相,月照五溪花。
掬水洗双眼,披云看九华。
崖头金佛国,树梢谪仙家。
仿佛闻笙鹤,青天落降霞。

阳明先生还与山中僧人结下了真挚的友谊。在应邀为僧友实庵的画像题词时,他写到:“从来不见光闪闪气象,也不知圆陀陀模样。翠竹黄花,说什么蓬莱方丈。看那地藏王好儿孙,又生个实庵和尚。噫!那些妙处,丹青莫状!”(《像赞》)俏皮生动,妙趣横生。

在洋洋洒洒的《九华山赋》中,王阳明还流露出栖居山中的念头:“九华之矫矫兮,吾将于此巢兮”“共太虚而逍遥”。然而,对于一个自小就立志“读书做圣人”、热衷于建功立业、倡导“知行合一”的一代大儒,王阳明注定难以割舍功名前程,也难以放下诸多牵挂,更无法抽身脱尘逃世,退隐山林之说只是他在仕途遭遇坎坷之际苦闷情绪的一种宣泄。他与众多的匆匆过客一样,九华山终究不是他们的归宿之地。在此稍作停留,舔舔伤口,还得继续前行。

所谓入世与出世,看似截然分明,其实未必如此。某些现象,往往道虽不同,理却相通。比如经世济民的理想和救度众生的主张,就颇有些殊途同归的意味。或许,二者本质上并不对立,只是出发点有所差异吧。与山水相伴的偷闲时光,是一段短暂而充满诗意的“慢生活”。九华山,只是王阳明们调养身心、补充内在能量的一处中转站。

“马上行人望九华，飘飘佳兴倚天涯。排空峭石生苍笋，落日奇峰挂彩霞。”（《重过九华山》）这是元代诗人萨都剌在九华山留下的诗句。“滴翠峰前天柱高，云门清蘸发仙遨”（《宿九华山》）是明代戏曲家、文学家汤显祖的诗句。“我亦三日留，了此游山债”（《游九华山》）是清代诗人、诗论家袁枚发出的感叹。涉足九华山，仿佛漫游在博大绵延的诗歌长卷中，步步见锦句，处处闻佳篇。

慕名游览九华山的历代名流诗家数不胜数，络绎不绝，他们以奇思妙笔为九华风光增辉添彩。有关九华山的诗作不计其数，名篇佳作举不胜举，仅光绪《九华山志》中，收录的“九华山诗”就有五百首左右。诗境中的九华山，更是令人神往。

诗中之诗：僧俗同喜

古人云：“诗言志，歌咏言。”显然，诗歌是用来表达意向和决心的。如此看来，地藏菩萨发下的“众生度尽，方证菩提；地狱未空，誓不成佛”的大愿何尝不是一首惊天地、泣鬼神的雄壮诗篇？这两句话也成为九华山地藏禅寺“行愿无尽”大山门的一副楹联，虽然未必严格工整，但铿锵传神，震撼人心。如此深切“得意”之联的“忘形”与“舍身求法”“舍生取义”的“忘我”，简直是如出一辙，异曲同工。

楹联即对联，俗称对子。讲求言简意深，对仗工整，平仄协调，是汉语语言一种独特的艺术形式。人们也把对联视作一种特殊形式的诗，称其为“诗中之诗”。

在九华山，众多的寺庙庵堂中，曾经的书院书堂里，以及桥亭楼坊间，几乎随处可见楹联。内容丰富，书法精湛，赏心悦目，耐人回味。其中不乏藏头联、叠字联、嵌字联、数字联等巧联妙对。

山中秀色似乎是不经意间融进了楹联之中。如天台寺“峰腾云海，叶叶扁舟从眼前飞过；峦披异彩，茫茫霞波自脚底生来”一联，描绘了峰高云涌、风动霞飞的奇妙景色。龙池庵的楹联“悬水落成千丈玉，翠屏横截万里天”则形象地展现“碧桃瀑布”的激流之壮观和翠屏峰的挺拔山势，一纵一横，一动一静，对比强烈，相映成趣。甘露庵的“松围古寺鸟争语，月上寒窗僧自归”一联反映了僧寺与山中环境和谐交融的景象，宁静清幽，超然脱俗。只是，有些寺庵现已无存。

九华山的许多楹联融入了佛学文化的内容。有的关乎弘扬佛法，如“大宏誓愿，亘万古千秋众诸佛祖而未有；无量慈悲，遍十方三世一切菩萨所难能”（肉身宝殿）以及“八百杵钟声撞醒痴梦，五千言慧典参破禅机”（东崖寺钟亭）等。有的楹联反映寺院的修行生活，如“人来合意高谈道，客去清闲即诵经”（回香阁）以及“抚掌笑春风，丈室间中空世界；抬头看夜月，九霄高处见禅心”（龙庵）等。有的楹联一语双关，禅味隽永，如“到此已非门外汉，进来便是个中人”（一天门）与“接从修行路，引开方便门”（接引庵）等。有的楹联则如当头断喝，指点迷津，比如“翠峰一动不如一静，念佛求人不如求己”（翠峰寺），还有“若不回头，谁替你救苦救难；如能转念，无须我大慈大悲”（大悲宝殿）等。由此想到，那些只顾进香跪拜的善男信女们，不知能否领会其中深意并有所触动，若对此类点拨视而不见或感而不悟，其他一切所为都是枉然。毕竟，改造主观世界的关键在于自觉。

九华山还散落着不少名人逸士书院书堂的遗址，虽然大多已废，但其中的一些楹联流传至今。如太白书堂的“九子改九华，一字千秋，学士与名山并寿；一堂伴一井，九天三色，先生有明月共樽”。杜荀鹤书堂的“四时风光好,一文字句新”。还有宋代名臣滕子京“九华山书堂”(后更名“谏堂山书堂”)的“书堂岁月深思忆,山林精神是堪称”。元代诗人陈岩“九华书院”的“溪山犹绿接大地,诗魂如梦寄苍烟”。明代理学家湛若水“甘泉书院”的“刻石甘泉名天下,酩心凉月慰古今”。如此等等,不一而论。

古代书院是儒学文化的符号和载体。儒佛道三家是中国传统文化的重要组成部分,相互包容又相互融合,且有“三教合一”之说。如果说书院与寺宇的并存体现了儒佛间的交汇,那么佛道间的融洽则有故事为证。九华山十王峰东南,有一石洞,人称“道僧洞”,相传为道人先入为主,清咸丰年间,一和尚为逃避战乱来到此洞,与道人同住,彼此相安。道僧洞有联:“佛来仙往是圣地,山重水复皆诗文。”也许,人世间所有信念都可以在诗意的山水之间寻求到各自的视角和注解。毫无疑问,九华山是芸芸众生的一处共同的精神家园。

九华街位于九华山核心区域,是香客游人的集散地,街区内民居、店铺

九华街晨景

与寺庙并立。有些规模不大的寺庙也采用了皖南民居建筑风格，如果不是门墙上标有名称，外观上难以分清是庵堂还是民舍。街道上车来人往，人流之中融入了僧尼的身影。街市的喧闹声和寺院的诵经声交织在一起，显得融洽而安详。此情此景，正如慧居寺的一副楹联所云：“群贤毕至，少长咸集；清风徐来，僧俗同喜。”

诗情佛心：老僧相伴有烟霞

佛教与诗歌的结缘由来已久，不少僧人有着很高的诗歌创作成就。一些僧人还常用诗偈传法示道，名流高僧之间也多有交往酬唱。受禅宗影响，清幽淡远、澄澈空灵、气韵生动、妙趣盎然的禅诗自成一体，影响深远。

一些著名诗僧醉心于佛国莲花的神韵，留下了多首别出心裁的传世诗篇。

晚唐诗僧齐己诗作高产且多佳作，其诗《早梅》受教于“一字之师”的故事被传为诗坛佳话。《全唐诗》收录其诗作800余首，数量仅次于白居易、杜甫、李白、元稹而居第五。齐己长期盘桓于九华山，有数首诗作留传，其中《贻九华上人》云：

一法传闻继老能，九华闲卧最高层。
秋钟尽后残阳暝，门掩松边雨夜灯。

江南名僧宝悟名列清代《高僧传》，在九华山百岁宫出家受戒，后为金山寺首座。临终留偈，表现出对于九华山的无限深情：

春华锦乡翠玲珑，雪岭高撑映碧空。
相悟灵山重一别，归来犹住九华峰。

据有关史料，九华山的诗僧也不乏其人。五代诗僧圆证曾在南唐保大年间禅居卧云庵，不仅写下了大量诗文，还组织成立了九华诗社，该诗社后由名僧清宿受托主持。宋代诗僧希坦禅居净信寺，著有《九华诗集》，惜已早佚，旧志中尚存其诗作5首。

九华山一再出现“肉身菩萨”，令人感到神秘而不可思议。“肉身菩萨”又称“肉身舍利”，是佛教一个特有的现象，据说只有修行到非常高深境界的僧尼方可形成。明僧海玉，字无瑕，万历年间在东崖摩空岭上结茅而居，取庵名“摘星亭”。居此期间，刺舌血拌和金粉为墨，抄写《大方广佛华严经》，计81卷，费时20余年。海玉享年110岁，坐寂封缸3年后开启，肉体竟然宛若生前，被敕封为“应身菩萨”。无瑕肉身被涂金保护，现仍供奉在百岁宫内。临终时，无暇大师拈偈一首：

老叟形骸百有余，幻身枯瘦法身肥。
岸头迹失魔边事，洞口言来格外机。
天上星辰高可摘，世间人境远相离。
客来问我归何处，腊尽春回又见梅。

九华山被称作地藏菩萨的道场。地藏受释迦嘱咐，常现身地狱之中，以救度众生，世称其为幽冥教主。因《地藏十轮经》有“安忍不动如大地，静虑深密如秘藏”之语，故名曰地藏。来自新罗国（今朝鲜）王族的金乔觉在九华山苦行清修，功德圆满，圆寂后真身不坏，颜貌如生，被视为地藏菩

僧人做课

萨转世，并被尊称为金地藏。

在四大佛教名山中，金地藏以真人真事开辟道场而独树一帜。据说，金乔觉早年曾经来大唐留学，汉学修养颇深。

金乔觉在九华山修行求道，讲经传法，生活上得到了当地山民的接济。老乡吴用之慷慨送米，为表感激之情，金乔觉赠以《酬惠米》一诗答谢：

弃却金銮纳布衣，修身浮海到华西。
原身自是西王子，慕道相逢吴用之。
未敢叩门求他语，昨叨送米续晨炊。
而今飧食黄金饭，腹饱忘思前日饥。

最具有代表意义的，当属他的那首《送童子下山》，该诗被收入《全唐诗》中，诗中写道：

空门寂寞汝思家，礼别云房下九华。
爱向竹栏骑竹马，懒于金地聚金沙。
添瓶涧底休招月，烹茗瓯中罢弄花。
好去不须频下泪，老僧相伴有烟霞。

面对难以忍受深山寂寞和思家心切的小童僧，诗人深表同情，体贴入微。委婉的劝说，亲切的宽慰，柔和的语气，似春风吹拂面庞，如清泉滋润心田。一代高僧大德仁慈的心地、豁达的情操就这样不经意地展现在世人面前，一个鲜明的“活菩萨”形象也随之跃然纸上。

不难看出，金乔觉不仅是个拥有平常心的苦行僧，也是一个超凡脱俗、极具悲悯情怀的行吟诗人。或许，诗家与佛家在本质上就存在着某些相通之处吧。诗情与佛心，如此完美地交融结合在一起，让我们领略了金地藏身为诗僧的别样神采，也让我们觉察并感受到九华山的诗性之美及其非同寻常的内在魅力。

（2013 年 11 月）

浮山赏棋

浮山位于皖江北岸的枞阳县，被誉为“文山”。山中众多景点中，有3处与棋事有关。

“烂柯”如今成了围棋的代名词。浮山西麓，有一处巨大而平整的天然石岩平台，人称“烂柯石”，石旁建有烂柯亭。

相传很久以前，有村童上山打柴，见两个鹤发童颜、银须拂胸的老人对坐下棋，便驻足观看。一局未终，夕阳西下。村童转身回家，发现斧头已锈蚀，斧柄已腐烂。回头再看，二位老者不知去向。回到村庄，村童竟然找不到家门和家人。原来是遇见仙人，山中一日，已是世间千年。

据《浮山志》记载，巨石上“烂柯亭”3个大字，为唐代诗人孟郊所题，是浮山现存最早的摩崖石刻。孟郊还赋诗一首：“仙界一日内，人间千载穷；双棋未变局，万物了皆空。”在当地人的指点下，我们找到了这处石刻，因为年代久远，字迹已不太清晰。

“采樵遇仙，观棋烂柯”的故事流传甚广，外地也有与之相关的景区。游览浮山，偶遇“烂柯石”，有些意外。如此神话，为浮山平添了几分神奇的气氛。

亭中石块上，存有不知哪个年代留下的棋盘石刻，虽然破残却依稀可辨。野花绽放，山风吹过，沉浸其中，有步入仙境的感觉，似乎也不知今夕何年了。

浮山存有大量摩崖石刻，仅会圣岩处就有一百多块。其中“因棋说法”石刻，因记载的是法远禅师与欧阳修在浮山会晤之事而颇具盛名。

浮山石刻

据相关史料，北宋年间，欧阳修被贬滁州，闻知居于浮山华严寺的法远禅师禅术奇逸，便慕名前来。会面之后，未觉对方有奇特之处。欧阳修没有急于问法，而是与客人下起了围棋。随后，请默默观棋的法远禅师说法。

法远禅师说：若论此事，如两家着棋相似。何谓也？敌手知音，当机不让。若是缀五饶三，又通一路始得。有一般底，只解闭门作活，不会夺角冲关，硬节与虎口齐彰，局破后徒劳绰斡。所以道，肥边易得，瘦肚难求。思行则往往失粘，心粗而时时头撞。休夸国手，谩说神仙，赢局输筹即不问，且道黑白未分时，一着落在甚么处？良久曰：“从来十九路，迷悟几多人。”文忠加叹。从容谓同僚曰：“修初疑禅语为虚诞，今日见此老机缘，所得所造，非悟明于心地，安能有此妙旨哉！"

禅师谈棋，一语双关；棋如人生，贵在领悟。对手也是同伴，至于攻守与得失，局内与局外，如此等等，点到为止，难以说破。时局多变，人生无常。或许，你来我往之间，享受对弈的乐趣更为重要吧。正所谓"当局者迷，旁观者清"。欧阳修没有料到，一个久居山林的僧人竟然口出如此玄机妙理，不禁为之叹服。

欧阳修此前并不信佛，后来却留心佛学。晚年的欧阳修自号"六一居士"，"六一"意为一万卷藏书、一千卷金石文字、一张琴、一局棋、一壶酒加上自己一老翁。寓"一局棋"于名号之中，除了喜好之外，是否也蕴含着"因棋说法"的影响呢？

穿过紫霞关巨大的天然石拱门，行不多远，山道旁有一精巧石洞。洞内凿有石几石凳，石几上刻着象棋棋盘。躬身而入，并不狭窄。这处颇为雅致的天然"棋室"就是棋盘洞，传说南北斗二仙翁曾在此对弈。

棋盘洞又称"首楞岩"。"首楞"一词，出自佛教经典《首楞严经》。由于《首楞严经》的内容助人智慧，解宇宙真相，古人曾有"自从一读楞严后，不看人间糟粕书"的诗句。

坐定小憩，放眼远望，正如洞中石刻所言："望九华若笋，长江如带，游浮渡不登首楞不如无游。"石洞后壁还刻有前人诗句："胸开万古首楞岩，湖水湖田一望间。久坐苍苔消世虑，白云竟绕客衣还。"在此对弈，即便是凡俗之人，想必也不会对胜负过于计较了。

山间乾坤大，棋中学问深。可是，现代人的娱乐方式，下棋者较少，打麻将和扑克者居多。与围棋、象棋起点时的势均力敌不同，麻将与扑克存在着起跑线的不一致，起首时的一手好牌与一手烂牌之间的差距很大。这种状况似乎与尘世人生更为接近，就好比每个人的家境、天资与机遇等方面的各不相同。好在牌运总是轮流转，最终结局也并非一牌而定，牌技高超者往往更胜一筹。

棋有棋法，牌有牌理。有人说，人生的精彩不在于拿到一手好牌，最关键的是怎样把一手烂牌打好。

然而，我此时所想的却不是棋法牌理，而是打算下次再游浮山时，约上几个好友，在棋盘洞里打上几局“掼蛋”。可想而知，那种感觉必定特别爽快。

（2014 年 10 月）

行吟五松山

唐代大诗人李白自称“五岳寻仙不辞远，一生好入名山游”（《庐山谣寄卢侍御虚舟》），在许多著名山峰留下了足迹。“山不在高，有仙则名。”一些当初并不知名的山岭因诗仙的登临赏识而声名远扬，其中就有铜陵的五松山。

一、“五松何清幽”

明万历《铜陵县志》记载：五松山，铜陵县东南四里，东临天井湖，西临玉带河，背后与铜官山相眺。《舆地纪胜》一书曰：山旧有松，一本五枝，苍鳞老干，黛色参天，故名“五松山”。

“五松山”是由李白命名的。天宝十三年（754年），李白应友人邀请出游铜陵，写下了《与南陵常赞府游五松山》一诗：“安石泛溟渤，独啸长风还。逸韵动海上，高情出人间。灵异可并迹，淡然与世闲。我来五松下，置酒穷跻攀。征古绝遗老，因名五松山。五松何清幽，胜境美沃洲。萧飒鸣洞壑，终年风雨秋。响入百泉去，听如三峡流。剪竹扫天花，且从傲吏游。

龙堂若可憩，吾欲归精修。”

铜陵之地当时隶属宣州南陵县。常赞府名常建，时为南陵县丞，与李白过从甚密。常建也是一位诗人，著名诗句“竹径通幽处，禅房花木深”就是出自他的笔下。李白与志趣相投的“傲吏”同行，畅游五松山，不由诗兴大发。关于五松山的方位，李白在诗题中自注：“山在铜井西五里，有古精舍。”诗仙的眼中，五松苍劲，林壑深幽，山风轻拂，泉水叮咚。如此美景，连当时被称为“山水奇绝处”的浙江沃洲山也无法与之媲美，怎不让人迷恋？

在五松山，李白呼朋唤友，把酒临风，唱和酬答，尽兴而为，或结伴“载酒五松山，颓然白云歌”（《五松山送殷淑》），或共赏同享“千峰夹水向秋浦，五松名山当夏寒”（《答杜秀才五松山见赠》），卧听松风，抚酒惜月，流连其间，醉而忘返。

李白结缘五松山，不仅是山中景致，还因为苍翠挺拔、昂首傲立的“五松”可以寄托情怀。在《于五松山赠南陵常赞府》中，李白写到：“为草当作兰，为木当作松。兰秋香风远，松寒不改容。松兰相因依，萧艾徒丰茸。”不难看出，其中对于松兰的褒扬和对于萧艾的不屑，蕴含着对坚贞高洁的品格的赞颂和对权贵的蔑视。或许，傲岸不群的李白是以“寒不改容”的苍松自喻吧。

二、“我宿五松下”

其实，最能打动李白的，还是五松山下善良的村民、淳朴的乡风。应该是在上元二年（761 年），已经 62 岁的李白再次来到铜陵。此行不同往常，没有好友官员陪同，也不见乡绅名流馈赠。从起初“仰天大笑出门去”奉旨进京到壮志未酬被“赐金放还”，从获罪流放到遇赦得归，历经一路的坎坷多变，感受着人生的起落无常，李白似乎还没有缓过神来。诗人的处境有些窘迫，情绪也比较低落。

那是一个秋季，李白投宿于五松山下的农户家中："我宿五松下，寂寥无所欢。田家秋作苦，邻女夜舂寒。跪进雕胡饭，月光明素盘。令人惭漂母，三谢不能餐。"(《宿五松山下荀媪家》)褪却华丽的文字平实可亲，不再激越的语气深沉隽永。农家的艰辛，荀老妈妈的热情，诗人的真切感受，处处关乎人生冷暖，无不紧紧扣人心弦。显而易见，落寞之时的一盘菰米饭，远胜过昔日满桌的珍馔佳馐。在农家老妈妈面前，生性狂放、洒脱不羁的李白一反常态，但是率真依然，其罕见的谦恭神态和固有的平民情怀尽显无遗。透过短短的几行诗句，依稀可见诗人有些湿润的眼眶。

李白还作有《南陵五松山别荀七》一诗："君即颍水荀，何惭许郡宾。相逢太史奏，应是聚宝人。玉隐且在石，兰枯还见春。俄成万里别，立德贵清真。"依依惜别，频频宽慰，字里行间，意长情深。也许，荀七就是那位荀媪的儿子吧。

据专家考证，李白一生中曾 3 次游历铜陵，留下吟咏铜陵及与铜陵有关的诗作达 13 首之多，其中 8 首涉及五松山。有人推断，李白曾寓居于五松山下。从那些诗句中不难看出，诗人与当地民众结下了深厚情谊。

李白关于五松山的名篇佳句，吸引了众多文人墨客慕名前来。苏轼在《题陈公园》中写到："落帆重到古铜官，长是江风阻往还；要使谪仙回舞袖，千年翠拂五松山。"汤显祖也留下了《过铜陵》一诗："夕向燕支夹，遥分白马耆。沧浪荷叶点，春色凤心知。邑小无城郭，人欢有岁时。谁怜江上影，悬弄五松枝。"

据相关史料，唐至德年间，五松山建有太白书堂。相传，北宋诗人黄庭坚曾于书堂留题双墨诗竹，南宋诗人王十朋以"五松人忆白，双竹句思黄"

一联记叙此事。后来，人们还在五松山上修建了太白祠。北宋名臣李纲在《游五松山观太白祠堂》中留下了“作诗几千篇，醉笔笼万象。迄今有遗祠，识者共瞻仰”的诗句。

三、“拂尽五松山”

铜陵处于江南丘陵地区，境内山冈众多，以铜矿著称于世。李白“铜井炎炉歊九天，赫如铸鼎荆山前”（《答杜秀才五松山见赠》）以及“炉火照天地，红星乱紫烟。赧郎明月夜，歌曲动寒川”（《秋浦歌》）等诗句就是对这座古铜都当时冶炼场景的生动写照。城区里最高山峰为海拔 495.7 米的铜官山，因早在西汉时期朝廷在此地设“铜官”而得名。此外，还有螺丝山、笔架山、板栗山、杨家山、金口岭等大小山冈，它们连绵起伏，与天井湖一起，以秀美的湖光山色点缀着这座精致的江南小城。如今的铜陵市，有不少以五松山命名的场所，如五松山剧院、五松山宾馆、五松山大道、五松新村等。但是，你若问起五松山位于何处，则难以得到明确的回答。这个问题似乎成了一个难以破解的谜团。时隔千年，一座高楼林立、车水马龙的现代都市已经覆盖了旧时的乡野山村。

遥想当时的五松山，兴许与铜官山下众多的其他山丘或山坡一样，并不高大，可能在一般人看来也其貌不扬。可是，就是这样一座看似普通的山冈却因与李白相遇而散发出非同一般的独特魅力。有人推测，五松山余脉尚存，在现今的天井湖公园一带。也有人认为，随着城市的崛起和发展，五松山早就湮没在过往的尘烟中，现已无影无踪。让诗仙如此钟情的五松山，竟然无法寻觅，不见真容，许多人为五松山悄然隐匿而深感遗憾。可是，当面对那些风韵不再、面目全非的所谓遗迹时，又何尝不是一种失落呢？实际上，有时相见反倒不如怀念。毕竟，那种情境只会存留在往昔的时光里，那种美好只是珍藏在怀旧的情结中，流年似水，一去不再，历久弥新，何曾遗忘。蓦然回首，虽然有些茫然惆怅，每每回味，仍旧让人怦然心动。

“我爱铜官乐，千年未拟还。要须回舞袖，拂尽五松山。”这是李白的《铜官山醉后绝句》。令人称奇的是，诗仙所言果真灵验。莫非，山与人也能互为知己？五松山仿佛带有灵性，于不知不觉间，追随着李白的行迹，从尘世间抽身而去，远离了我们的视野。然而，它带着唐风遗韵，在时空中穿越，在回望中再现，在诗意中常驻。留下的，是美丽的想象，是温情的追忆，是心灵的慰藉，是岁月的风雨难以磨灭的久远怀念。

附：李白关于五松山的8首诗作篇目

1.《纪南陵题五松山》

2.《与南陵常赞府游五松山》

3.《于五松山赠南陵常赞府》

4.《答杜秀才五松山见赠》

5.《五松山送殷淑》

6.《铜官山醉后绝句》

7.《南陵五松山别荀七》

8.《宿五松山下荀媪家》

（2013年3月）

淮上采风

台上的那个美人，对于男人来说，分明就是自己的梦中情人。美丽且多才多艺，温柔而善解人意，风情但痴心不变，妩媚却坚贞刚烈，让人怜惜，让人疼爱，也让人魂牵梦萦。对于女人来说，则或多或少在虞姬的身上寻找到了自己的影子，叹息自己不济的命运，感怀自己不如意的人生。况且，故事里和舞台上的那种悲愤，那种凄楚，那种失落，那种无奈，实际生活中又何尝没有呢？

——《垓下遗韵》

涂山怀远

涂山位于蚌埠市西郊,淮河南岸,主峰海拔 338 米,看上去很不起眼。但是,这座山因为与传说中的治水英雄"大禹"相关联而显得不同寻常。

《水经注》载:"荆山左,涂山右,两山对峙,相为一脉,自神禹以桐柏之水泛滥为害,凿山为二通之,今两岸凿痕犹存。"只是,世事沧桑,当初的地貌已不复存在。现在的荆涂山峡间,一桥横跨两岸,势如长虹,九曲淮河之水,千古奔流。

在《辞海》的解释中,"禹"是"传说中古代部落联盟领袖。姒姓,名文命。鲧之子"。禹乃其号。由于禹治理水患有功,后世尊称他为大禹,即伟大的禹。又因其为夏代开国之主,故称他夏禹。相传禹娶涂山氏之女女娇为妻,有子名启。而后,"禹合诸侯于涂山,执玉帛者万国"。涂山之巅有座禹王宫,是祭祀禹和启母涂山氏女的庙宇,始建于汉代,《名胜记》记载为汉高祖下令所建。

沿着盘山公路可以直达涂山的半山腰。下车前行,名为朝禹路的涂山古道就展现在眼前,古道路口立有"系马石"。我们的思绪就随着这条古道攀行穿越,上溯到那久远而原始的上古时期。

望夫石

古道两边，传说中的古迹和摩崖石刻不时出现在充满野趣的石崖峭壁间。“卧仙石”形如一张天然石床，据说是大禹和涂山氏女互倾情愫之处。而被称作“台桑”的石岩则相传是启出生的地方，屈原的《天问》中“焉得彼涂山女而通之于台桑”即为这里。位于古道边的南坡上，耸立着一尊高大的石像。相传，这是涂山氏女的化身。大禹治水，“居外十三年”“三过家门而不入”，涂山氏女就端坐在此，日夜守望，等待着丈夫的归来，直至化为巨石。这座石像经考古认定为唐代造像石刻，人称“望夫石”，又名“启母石”。

“望夫石”近处，立有一块诗碑：“一尊化石坐崖边，脉脉含情眺海天。暮想朝思夫抵宿，泪珠飘洒白云间。”仰望着这尊执著而孤独的身影，我们不由感慨万千。从此处俯瞰，山下是一望无垠的平原风光，良田成片，村庄隐现在绿荫之中，天河之水从南而至，汇入淮河。

有人说，每一个成功男人的背后都有一个伟大的女人。这种伟大可能不只是对男人生活上的帮助和个性上的包容，更是对其人生追求的理解和支持。也许，千百年来，人们对于涂山氏女的怀念，正是出于对她这份贤德与痴情的敬重和感动。

大禹治水的故事由于带有太多的神话意味而显得虚幻离奇,加之对这段历史还缺乏确切可信的考证,很多问题难有定论。但是,整个故事的来龙去脉还是有着一定的史实依据的。

“涂山”其实不仅是山名或地名,还是古代的“国”名,即史书上所说的“涂山氏国”。当时称部落为“国”或“侯国”,“涂山氏国”即“涂山氏部落”。《安徽文化史》一书提到:“涂山氏是生活在淮河中游的一个古老的部族(有人以为涂山氏在浙江绍兴、四川重庆、河南登封等地,均不确)。”有人以“生之汶山,起之嵩山,兴之涂山,崩之会稽山”概括大禹一生的经历,倒也顺理成章。当然,从个人情感上,我更多地倾向并认同“涂山”就是我们脚下这座山的说法。而且,考古发现也似乎为之提供了有力的佐证。

在涂山南麓、淮河与天河之间,有一个叫做禹会的村庄,该村名在《汉书》中就有记载,并且一直延续至今。报载,考古专家近年来在禹会村发现了淮河流域最大的一处龙山文化遗址,该遗址被称为“禹墟”。通过多次考古发掘,较完整地揭露了遗址核心部分大型夯土台,出土了白陶鬶、黑陶杯、夹砂陶盉等礼器以及史前小麦等重要文物。专家研讨后认为,从目前发现的结果看,禹会村遗址可定性为大型祭祀性遗址。这样一来,禹会村遗址在年代、特征、传说等方面与“禹会诸侯”历史记载的吻合程度超出想象。

可是,我们来到这个被誉为“中国花鼓灯第一村”时,经多方寻找,只见到村旁遗址边树立的一块“市重点文物保护单位”石碑。考古发掘后复土的田野上,遍布的玉米大豆长势喜人,丰收在望。“走千走万,不如淮河两岸。”这是在淮河流域广为流传的一句民谣。水佳为淮,水美地肥,一方水土养育着一方人啊。因为淮河的滋养,不管世事如何变化,这块土地上的庄稼总是一茬接着一茬，就如同生活在这里的人们，世代相传，生生不息。

据有关文献传说，远古社会末期，黄河、长江流域出现了华夏、东夷和苗蛮三大部落集团。生活在淮河流域包括涂山氏部落在内的淮夷部落属于东夷集团范畴。而来自华夏集团的大禹和归属东夷集团的涂山氏部落能够突破势力范围的局限而联合治淮，应该与大禹的婚姻密切相关吧。据古书记载，涂山氏女有好几个名字：女娲、文侨、攸女、女娇等，是涂山氏国一位年轻的首领。治理淮河需要开拓荆涂山峡，因为有着就近之便，出力更多的想必还是涂山人，连导淮治水的主意说不定也是出自于他们呢。能够“疏顺导滞”而不仅仅是“水来土掩”堪称明智之举啊，如此疏堵结合、顺势而为的高招又何止于用来“治水”呢？按此设想，在“大禹治水”的浩大工程中，涂山氏女发挥的作用和贡献或许并不逊色于大禹。

大禹和涂山氏女的相遇应该纯属偶然吧，许多历史事件恰恰就是因为某些偶然因素而引发的。况且在上古那个淳朴的年代里，动辄制定策划方案的现象尚未像当今这样盛行。可以想象，正是风和日丽的时节，大约是在春天里，大禹因治水从现在的河南与湖北交界的淮河源头桐柏山来到荆涂山峡。涂山之下，绿草苍苍，在水一方，巧遇佳人。一个魁梧勇猛，一个秀美温柔，二人一见钟情。那时的情爱，一定会更加炽热奔放，也更加狂野无忌，即使是天作被、石为床也未必被当作有伤风化之举。联姻之事也就顺其自然、水到渠成了。当时的涂山氏部落，可能处于母系社会阶段吧，或者还带有浓厚的母系社会色彩。如此，大禹可谓“走婚”一族，所谓“禹娶涂山女”实际上是大禹“嫁”到了涂山氏国。既然结为亲家，而且治理水患利益与共，双方一拍即合。为了爱情，涂山氏女更是不遗余力，竭尽所能帮助夫君完成治水大任。这样的故事进展，或许比较顺乎人情。

我们有理由相信,爱情的力量是神奇的。但是,理性又告诉我们,不能排除存在另外可能的情况。实施“治水”工程,无疑是人类敢于与命运抗争的惊天动地之举,这也表明当时的华夏集团已相对比较开化。作为一个政治人物,才智过人的大禹应该是颇有心机的。他的父亲鲧因治水不力而被杀,导淮能否成功对于大禹性命攸关。在如此巨大压力下,也许并不喜欢生长在涂山的土著姑娘,但是为了争取涂山国的支持,大禹还是设法接近质朴善良的涂山氏女,终于成功联姻。显然,这样的婚姻和爱情无关。更令人生疑的是,结婚之后,那么多年竟然一直从不回家,难道大禹果真忙到如此地步吗?其中应该是另有隐情吧。据称,一夫多妻制始于母权制后期,为父权制婚姻形式的特点。只是,不清楚那个时代的大禹是“一夫一妻”,还是“妻妾成群”,或者是“家外有家”。应该是受“嫁鸡随鸡,嫁狗随狗”观念的影响吧,涂山氏女一往情深,忠贞不渝,似乎有些自甘认命的意味。然而,从大禹的联姻动机和行为来分析,在其“公而忘私”的高大形象背后,或许掩藏着秘不可宣的利益企图及其薄情负心的另一面。由此推测,这极有可能是最早的“政治联姻”。事实上,“和亲政策”常常被后来的统治者所利用。当然,二者联姻也有其他的可能,比如涂山国早就有意归附于华夏集团,如此等等。

很多历史事件的真相已经消逝在岁月的烟尘里,永远不为人知。可是,在随后到来的时代里,功利化意识愈加强烈却是毋庸置疑的客观事实。让人感到困惑不解的是,难道社会的变革总是以人际关系趋于复杂为代价,就如同社会经济的发展往往以生态环境趋于恶化作为高昂的成本?其实,二者之间并非根本对立的关系,应该可以兼顾调和吧!可是,诸多不合情理局面的出现,究竟是由于物竞天择自然法则下社会体制本身存在的弊端所造成,还是因为贪欲意念驱动下人类本性固有的缺陷而使然,抑或兼而有之？

相对于结果，过程往往容易被世人忽略。然而，正是这些过程，反映了事物内部发展变化的因果关系，同样成为影响整体趋势和大局走向的关键因素。事情的成因总是表现得比较隐秘，而事情的结果通常为众所周知。大概是治水取得的功绩和展示的才能，也因为“三过家门而不入”赢得了“以德服人”的声望，最终众望所归，大禹一步一个脚印地登上权力的顶峰，成为历史上赫赫有名的成功人士。可是，作为一个名人而且是一代伟人背后的女人，涂山氏女的辛苦和付出、坚忍与酸楚，常人是难以体察和理解的。或许，只要是心甘情愿，牺牲再多也认为值得，日子再苦也不会后悔。默默无闻，相夫教子，含辛茹苦，任劳任怨，古往今来，中国的传统女性有多少不是如此呢？但是，对于她们，社会并不公平。也许，在严酷的现实社会中，“公平”从来就是难以企及的一种奢望吧。

涂山远眺

现实中的故事,就好像写实的工笔画,纤细而入微。久远的传说,则如同写意大泼墨,凝练而传神。从那些或隐或现、似是而非的大致轮廓中,任何客观合理的推断都有可能接近或还原真实的故事。显而易见,这些故事中的细节经不住推敲,也无需深究,毕竟都是发生在距今 4000 多年前的事情了。只是,那些人还有那些事一直影响着后世的人们。

站在涂山之巅,举目眺望,落日西沉,暮霭弥漫。视野之中,由远及近,万千气象逐渐消逝在茫茫的夜色之中。我们收回视线和思绪,起步朝山下走去,山中的那些景物随即留在了我们的身后。

(2012 年 10 月)

流失的运河

四月初的淮北大地，风中仍然夹带着些许寒意。一马平川的田野上，铺满茂盛浓密的麦苗，绿油油的，充满生机和活力。眼中的场景似乎年复一年，循环更替，经久不变。

我们驱车奔走在皖北泗县至河南永城的公路上。当地朋友告知，这条公路就是隋唐大运河曾经的河床。听起来，有些让人难以置信。

名为柳孜的村庄就坐落在这条公路的旁边。这个看似寻常的淮北村庄，因发现隋唐大运河遗址而举世瞩目，该遗址成为当年全国十大考古新发现之一。

据介绍，隋炀帝当初开凿的大运河通济渠，唐宋时期称之为汴河。其流经线路沿东汉汴渠（古汴河）至开封后，于古汴河分道折向东南，经今河南商丘、永城，安徽柳孜、宿州、泗县，江苏盱眙入淮，全长1300公里。历经隋、唐、北宋三代500余年。

记得有一首名为《古运河之恋》的歌，歌中唱道："古运河水流，南禅钟悠悠。从古流到今，从冬流到秋。日出江花红，春来绿如蓝，船上一位渔家女，为谁在等候……"可是，与京杭大运河尚存的其他河段不同，隋唐大运河没有能够继续流淌到现在。在岁月的长河里,这段古运河神秘地流失了。由于黄河泛滥导致淤塞、频繁战乱影响以及气候变化等种种原因,通济渠到南宋时期就堙废沉寂了。于是,曾经的大河风光遗落在那些一去不复返的时光里,昔日那几多鲜活动人的故事也都沉没于浩瀚的历史烟尘中。

《开封府志》卷五《汴河》载:"隋大业元年,开通济渠,自板渚引河,历荥泽入汴,又自大梁之东,引汴水入泗,达于淮。渠广四十步,渠旁皆筑御道,树以柳,名曰隋堤,一曰汴堤。"唐代诗人白居易也留下"二百年来汴河路,沙草和烟朝复暮。后王何以鉴前王?请看隋堤亡国树"的诗句。

20 世纪 80 年代,专家们通过田野考古调查发现,通济渠遗址由西北向东南犹如一条"古堤"横亘在豫东到皖东北的黄淮平原上。地方史志和民间也称之为"隋堤"或"汴堤"。

考古专家于 1999 年在柳孜发现了一处建于宋代石砌构筑的古运河码头遗址,并在遗址处仅 900 余平方米的发掘范围内,发现 8 艘大小、结构各不相同的唐代沉船,出土了遍及全国 20 多个著名窑口的上千件瓷器以及陶器、石器、骨器、铁器、铜器、琉璃器等文化遗物。柳孜隋唐大运河遗址横贯淮北市东西,其文化遗存大部分被泗永公路所覆盖。

真实的历史往往就是这样让现实中的人们不可思议。脚下这条车水马龙的公路干线果真就是千百年前过尽千帆的水运航道,我们不由为之惊叹,同时也对人世间的沧桑巨变有了更加贴近的感受。

位于淮北市的隋唐大运河博物馆是国内唯一以馆藏隋唐大运河出土文物为主的博物馆。其中的《运河遗韵》《隋唐瓷器》等展厅,再现了隋唐大运河故道以及柳孜码头当年的繁荣景象。

馆内陈列着 3 艘保存基本完好的唐宋时期木船,较大的那艘船身长达

20多米，那只独木舟由一根十多米长的巨型整木雕凿而成。其中一艘船的船尾还保留着一把巨大的扇形拖舵，据说这就是有名的“淮北舵”。陪在它们身边的是一根用于系船的碗口粗枣树木桩。有资料称，发现如此众多的唐宋时期内河船只，在全国考古史上绝无仅有。

这些船只如今都静静地沉眠于展厅中一个硕大的凹坑里。那些点点帆影、碧浪清波、喧闹的码头、桨橹吱呀作响的声音、船工浑厚悠远的号子，如此等等，似乎都留存在它们已经定格的梦境里。我们放轻脚步，近距离细细地打量着，想象它们曾经击水破浪、乘风远行的风采，心中分明有些感伤。

让我们目不暇接的，是馆内品种丰富的大量出土瓷器，它们几乎涵盖了当时全国的著名窑口。除定窑、均窑、长沙窑、景德镇窑等窑口的瓷器外，还有我省寿州窑和繁昌窑的瓷器。

接待我们的武馆长对馆藏文物如数家珍，侃侃而谈，回应问询对答如流。参观中，一件一尺多高北宋年间的瓷质酒瓶吸引了我们的目光。酒瓶的一面写着一个较大的“酒”字，另一面写着“鸟有千年鸟，人有百岁人”，落款是“大观三年李正造”。看上去颇有些瓶身“广告”的意味：喝了瓶中酒，能活一百岁。这个900多年前的“李正”还饶有兴趣地在酒瓶上签上大名，看来对自己烧制的作品颇为自得。

在一件唐代长沙窑执壶边，我们停下脚步。这把壶上有一首题诗：“夕夕多长夜，一一二更初，田心思远客，门口问贞夫。”这首诗很有趣，每句第三字是前两字的叠字，“夕夕”是“多”，“一一”是“二”，“田心”是“思”，“门口”是“问”。夜色茫茫，相思情长，贞夫何处，无人知晓。透过字里行间，我们依稀可见，寂静的深夜里，一个妇人孤独而凄苦的身影。她所牵肠挂肚的那位远客，是奔波的商人、戍边的将士，还是漂泊流荡的船夫？

这些从时间老人指缝间遗漏的点滴记忆,让今天的我们得以领略那些已经远去的生活情趣,使得我们可以感同身受地了解当时人们的喜乐哀愁。

柳孜,古称柳江口,因运河的开通在数百年间一直都是运河岸边的军事与商旅重镇。唐、宋、元、明期间,商贾云集。《宿州志》载:明代柳孜镇有“庙宇九十九座,井百眼”。由于大运河的湮塞,那些曾经的繁华和荣耀犹如飘缈的烟云,随风而散。

如今的柳孜只是一个普通的行政村,它与淮北平原上的众多村庄一样,显得幽静而安详。而那段从出现到消失的古运河,如同匆匆过客一般,成为这片厚重的土地上一段偶尔浮现的尘封记忆。

(2010 年 5 月)

走进刘老圩

（一）

淮军名将刘铭传的墓园，坐落在肥西县铭传乡的大潜山。整个墓园坐南朝北，倚山面水，巍峨壮观，气势不凡。刘铭传故居就在大潜山北约两公里处，人称刘老圩。

刘铭传（1836 年—1896 年），字省三，自号大潜山人，安徽合肥西乡（今肥西县）人，是晚清时期的著名将领、台湾首任巡抚。其人文韬武略，颇有建树。《台湾通史》评价刘铭传“倡淮旅，练洋操，议铁路，建台省，实创中国未有之奇”“溯其功业，足与台湾不朽”。刘老圩是刘铭传于 1868 年第二次辞官回乡时，择地兴建的具有皖中民居特色的圩堡型住宅群。

作为一处规模宏大的私家庄园，刘老圩占地面积近百亩，风景秀丽，建筑恢弘。圩堡四周筑有内外两道深深的壕沟，围墙用石头砌成，周边分布着五座碉堡，有兵勇把守。圩内建有房舍 300 多间，其中还有西式洋楼，并有亭子、花圃、水池点缀其间。东南边是大片水面，有小岛两座，较小的岛上设有刘家的弹药库,较大的岛上建有一座读书亭。如今的刘老圩,虽然早已面目全非,可是从其概貌上不难想象这处豪宅大院兴盛一时的昔日风光。

(二)

按民间堪舆术的说法,名人故里多为风水宝地。什么左青龙右白虎、前朱雀后玄武,谓之"天人合一,阴阳相宜"。这些说法虽然有些牵强附会的意味,甚至被视为"迷信",却一直流传下来,似乎其中或多或少也有几分道理。据说,刘家在兴建刘老圩时也曾大讲风水,在选址布局上颇为考究。大潜山的老虎崖上有称为老虎口的一山洞,洞口面对刘老圩。刘与"牛"谐音,为避"老虎吃牛"之忌,刘老圩里专门修建了一座楼取名为"钢叉楼",楼内摆设有钢叉等兵器对准老虎口,以此破解禁忌。刘家还拆掉了

刘老圩壕沟

附近有碍风雅名为“老母猪圈”的村庄,并对某外姓人家的墓地通过开挖大水沟的方法以避免其挡住刘老圩的龙脉。

常言说:“风水轮流转。”其实,“风水”这种事情从来都是信则灵,不信也就不灵了。讲究风水,主要还是为了寻求心理安慰吧。如果说是由于一方风水成就了刘铭传的英名,现在看来,不如说是因为声名远扬的刘铭传使得这个地处江淮之间的旧日庄园闻名遐迩。

与风水理论相仿,观看面相预测人生的“相术”也是一门比较玄妙的学问。据相关资料,刘铭传的相貌就很有特点,因为小时候患天花病导致脸上留下了一些斑斑点点,加之在家排行老六最幼,所以乡里人和刘家兄长称刘铭传为“六麻子”或“么麻子”。不过,刘铭传对此并不忌讳,甚是豁达。他曾在自画的一幅梅花图上题诗:“圈圈点点又叉叉,顷刻开成一树花,若问此花何人画,大潜山下刘六麻。”尽管脸有麻点,相貌不佳,不过有记载称其目光如电,声震屋梁。

年少之时,刘铭传就桀骜不驯、争勇好强,18 岁时因报仇而杀人。然而,有人早就料想到刘铭传今后可能会有一番作为。刘铭传的老师刘盛藻曾称其“升平之世是块废物,乱世倒可能成为英雄”。曾国藩以擅长相人察人而著称,有人后来把他所写的察人笔记整理成《冰鉴》一书。据刘成禺《世载堂杂忆》记载,淮军初建之时,曾国藩有一天在李鸿章的陪同下悄然来到淮军营地,只见:“淮军诸名人,有赌酒猜拳者,有倚案看书者,有放声高歌者,有默坐无言者。南窗一人,裸腹踞坐,左手执书,右手持酒,朗诵一篇,饮酒一盏,长啸绕座,还读我书,大有旁若无人之概;视其书,司马迁《史记》也。巡视毕出馆,诸人皆不知为曾帅,亦不趋迎鸿章。曾帅归语鸿章曰:‘诸人皆可立大功、任大事,将来成就最大者,南窗裸腹持酒人也。’其人为谁,即淮军有名之刘铭传。”事实证明,曾国藩没有看走眼,刘铭传的一生确实成就非凡。

（三）

出身寒门的刘铭传，年轻时就有着远大抱负。他曾登上大潜山顶，仰天长叹，声言“大丈夫当生有爵，死有谥”。他在七绝诗《遣怀》中写道：“自从家破苦奔波，懒向人前唤奈何。名士无妨茅屋小，英雄总是布衣多。”胸有大志者未必都能如愿以偿，可是能够成就一番事业者大多志存高远。

刘铭传早年丧父，家贫无依，从行伍起家，没有接受过多少正规的教育。然而，他不愿被别人以“武夫”视之。受一些有识之士的影响，他求知若渴，博览群书，注意接受新思想和新事物。在戎马倥偬之中，刘铭传表现出对诗歌书画的浓厚兴趣并有不俗表现，生平著作有《大潜山房诗钞》《盘亭小录》和《奏议》24 卷等。其诗作得到甚高评价，前人陈石遗在《石遗诗话》中评论刘铭传的诗对仗工整，极具灵性，出语自然，不假雕饰，“仍近乐天”，即接近白居易的风格。曾国藩在《大潜山房诗题语》中写道：“省三所为七律，亦往往以单行之气，差与牧之为近，盖得之天事者多。”将其与杜牧诗相提并论。刘铭传有多篇诗作入选《清诗别裁集》。

相对于鲜血淋淋、尸横遍野的沙场和尔虞我诈、明争暗斗的官场，位于江淮腹地的这处风光宜人、风平浪静的刘老圩无疑成为刘铭传心目中的桃花源，也是现实中属于他的自由王国。这里是根据地，赖以发迹；这里是安乐窝，全家欢聚；这里是避风港，远离纷争。置身刘老圩，刘铭传心情舒畅，很是踏实。能够安静下来潜心研读经史、作文会友，有兴趣可以种菜浇园、四处走走看看，这样闲适的田园生活才称得上“来去能自由”啊。

刘铭传在《有感》一诗中就流露出这种心态：“不幸入官场，奔劳日日忙。何曾真富贵，依旧布衣裳。负性无谦假，宜人说短长。莫如归去好，诗酒任疏狂。”声名显赫之时，他一再寻求退隐，多次辞官返乡。

虽然率直狂傲的本性难以改变，但是经过多年历练，腹中藏有诗书的刘铭传毕竟不是当初那个涉世不深、鲁莽冲动的毛头小子了。从容自在的乡居生活，似乎冲淡了沉积在他胸中的诸多郁闷。浸淫于传统文化的学养，他的心头也仿佛亮堂起来。人一旦变得通透一些，看上去就洒脱多了，也显得有些儒雅了。刘铭传似乎比较喜欢这种状态。

连年战乱给国家尤其是平民百姓带来了深重灾难，刘铭传对此感受深刻。在《郊行》一诗中，刘铭传描写了与随从郊游时的所见所闻。一个在田间独自劳作的老人见到他们，“走避殊仓皇”。询问缘由，老人告知：“今夏贼去后，大兵过此乡。贼至俱先备，兵来未及防。村内掳衣物，村外牵牛羊。人多不敢阻，势凶如虎狼。老妻受惊死，一子复所伤。骨断不能起，至今犹在床。暮年寡生计，空室无斗粮。所幸此身健，勉力事田桑。近凡见兵马，畏怯故走藏。”刘铭传为之“殊太息”“思彷徨”，不由责问：“问彼统兵者，曾否有肝肠。灭贼自为贼，何颜答上苍。”

对于普通民众来说，战乱之中，逢到官兵也好，遇见匪贼也罢，遭受的都是不堪承受的各种掠夺以及难以言尽的痛苦伤悲。赋闲期间，刘铭传一把火烧毁了长期保存的平定太平军和捻军时期的文件，这些文件记载着他勇猛善战、一路飙升的功绩。此举有些令人费解，但也耐人寻味。或许，其中包含着刘铭传因为对于民情的体察而有所感悟的因素吧。放眼纵览，内乱之战也是属于难以启齿的“家丑”啊，同室操戈，同胞相残，兵荒马乱，民不聊生，亲者痛，仇者快，即便是胜者，又有什么值得炫耀留恋的呢？

为官也有诸多不顺，一言难尽啊。虽然屡建战功，受封一等男爵，位至武官一品，但是在当时重文轻武的官场环境中，没有科举功名的刘铭传常常不受尊重。他为此愤恨不平，在《感成》一诗中写道：“武夫如犬马，驱使总由人。我幸依贤帅，天心重老臣。上官存厚道，偏将肯忘身。国事同家事，谁看一样真！”并发出“官场贱武夫，公事多掣肘”的感叹。人生的此等寒凉和无奈非亲身登临高处是难以确切感知的。刘铭传多次请辞归乡，除了身体有病，可能也含有负气抱怨的隐情吧。

受传统文化的影响，刘铭传既有儒家渴望建功立业的理想抱负，又有道家淡泊名利的归隐情怀。读文史经典，看时代变迁，观起落沉浮，他不由感念“关内曾更秦法律，眼前不见汉山河”“回首战场都是泪，知心朋辈几人全”，这些诗句揭示了隐藏在其内心深处的凄婉和悲凉。

（四）

可能不仅是厌倦了打打杀杀以及相互倾轧，更是由于长期遭受伤病的折磨，刘铭传对功名已渐渐看淡，说起来他也称得上是功成名就之人了。刘铭传身体状况堪忧，除了头部在战场上负伤，他还患有严重的关节炎、高血压、肺结核以及眼疾等多种疾病，有时“脑痛欲裂，坐卧难安”“两足肿痛，举步维艰”，严重时甚至昏晕过去，以致他“年当半甲子，壮志渐消磨”“病里心烦躁，思安厌客来”，并因“乞归文早去，不见答书回”而焦虑不安。俗话说：好汉就怕病来磨。抱病之躯往往是身不由己的，病魔不仅侵蚀着人的肌体，消磨着人的血气，还蚕食着人的毅力，吞噬着人的激情，瓦解着人的斗志。再坚强的人，最终都难免被疾病和时间拖垮。

家中变故也使刘铭传受到沉重打击。从台湾巡抚任上告病辞官后，刘铭传入住更为豪华阔气的刘新圩（位于六安麻埠九公山下，今属六安市金寨县，这处故居后因修建响洪甸水库而沉入库底）。留在刘老圩居住的其长子刘盛芬因家中不慎失火遭受惊吓，连急带气，一命归天。还是刘老圩，这个刘铭传曾经的得意之作成了他晚年的一处伤心之痛。随后，其三子刘盛芾之妻袁氏又因病亡故。一子一媳的相继离世，对抱病在身已是暮年的刘铭传无疑是雪上加霜。

甲午之战，李鸿章多次奉旨电召刘铭传复出。是因为屡遭不顺有些心灰意冷，还是由于体弱多病而力不从心，或者是兼而有之，刘铭传已无意再度出山，准确地说是难以再度出山了。即便是壮心不已，此时也是心有余而气力不支。至于别人的议论，只能听之任之了。更何况，大厦将倾，一木难支。面对摇摇欲坠的满清王朝，任何人也都回天无术了。

光绪二十一年（1895 年），中日签订《马关条约》。听说曾苦心经营 7 年之久的台湾被割让给日本，刘铭传悲愤至极，病情加重，卧床不起。台湾是他心中无法化解的情结，台湾让他牵肠挂肚啊！得益于多方支持，出任台湾巡抚期间，可谓刘铭传仕途生涯中也是其人生历程中最为辉煌的时期。抗法保台，奠定建制，强固海防，修铁路、开煤矿、办邮政、兴学堂、促商贸，如此等等，他为台湾付出了太多的心血。割让台湾无疑给刘铭传以致命的打击，1896 年 1 月 12 日，刘铭传溘然长逝，抱憾而去。清廷追封他为太子太保，谥壮肃，准建专祠。

刘铭传的人生起伏及其结局令人感叹。人们常说性格决定命运，可是个人的命运往往与国家和民族的命运密切相关。有的时候，酿成个人悲剧的原因也是国家和民族遭受不幸的原因。晚清政府没落衰亡的趋势不可逆转，覆巢之下，焉有完卵？处在如此大背景中，刘铭传进不能，退不安，本应颐养天年，身心却难以安顿，以致其“解甲归田乐”的向往化作一个无法成全的梦幻，随之相伴的是生不逢时的深深叹息。

观其一生，可能是比较清楚自身的局限吧，刘铭传似乎没有太大的政治野心,也谈不上拥有治国安邦平天下的崇高信念,他在乱世之中以战功显赫踏入仕途,并一路攀升位居高位,然而其骨子里似乎一直存有安于老婆孩子热炕头的小农意识,而且早就萌生功成身退的归隐意向。他善征战,也多雅好;敢拼命,也会享受;有才干,也很现实。于是,在得失利害面前,在出入进退之间,刘铭传犹豫着、思量着,纠结着、徘徊着,矛盾着、痛苦着,他难以遂愿又心存不甘,有意收手却欲罢不能。但是在关键时期,他往往表现不凡,有所作为,足以堪当重任。

其实,爵位也好,谥号也罢,再多再显赫的浮名不过是过眼云烟。对于一个历史人物来说,无论是身前还是身后,不管世道如何改变,只有造福一方的功绩终究不被抹杀。抗日战争胜利后,分离50年之后的台湾又回到祖国怀抱。一直以来,台湾民众没有忘记刘铭传。在台湾,有以"铭传"命名的道路和学校,台北的新公园里立有刘铭传塑像供人瞻仰,人们以这些方式缅怀这位首任巡抚。故乡人民同样没有忘记他,以各种形式纪念他。如果刘铭传在天之灵有知,理当感到欣慰。

(五)

历经百年风雨,刘老圩已今非昔比。由于遭受火灾战乱损毁,后又因军工建设需要改建为仓库,其原有建筑几乎荡然无存。旧址上满目疮痍,残砖断壁随处可见,看上去有些落寞冷清。整个故居已经开始修复,几处新修复的建筑与总体氛围形成强烈反差。已复建的"九间房"原用于刘氏家族议事和待客会友,"盘亭"用来存放国宝级文物"虢季子白盘"。值得一提的是,刘铭传于战乱期间偶然发现并收藏的"虢季子白盘"被认定为"西周三大青铜器"之一,由其后人献给国家,现珍藏在中国历史博物馆。

百年广玉兰

在刘老圩北侧的“刘铭传生平展馆”里，可以见到“虢季子白盘”复制品。

漫步在濠水环绕的刘老圩，备受瞩目的是几棵百年以上高龄的老树，巍然挺拔，郁郁葱葱，有榆树、香椿、乌桕等，树龄最长的达300多年。其中相传是慈禧太后所赐的广玉兰从主干底部伸展出两个粗大的枝干，直冲苍穹。它们犹如历经劫难而今幸存的老者，见证着岁月的更替、人事的变迁以及这处圩堡的兴衰轮回。人去物非，灰飞烟灭，唯有老树犹在。我们徘徊在老树之间，抚摸着粗糙壮实的树身，将目光投向高高的枝头，心中涌起深深的敬意。

老树无语，清风如诉。刘老圩——承载着一个布衣英豪的传奇，守望着一段饱经沧桑的历史。

（2011年6月）

颍州有西湖

群芳过后西湖好，狼籍残红，飞絮蒙蒙，垂柳阑干尽日风。

笙歌散尽游人去，始觉春空。垂下帘拢，双燕归来细雨中。

欧阳修的十三首《采桑子》中，有十首均嵌入“西湖好”为首句。我从这首词而得知位于皖北的颍州西湖。

颍州是阜阳的古称，文坛巨子晏殊、欧阳修、苏轼等曾先后出知颍州。颍州西湖又称汝阴西湖，为颍河诸水汇流处，在唐宋时期即为我国著名的风景湖泊，曾与扬州瘦西湖、杭州西湖齐名。北宋皇佑元年（1049 年），欧阳修由扬州移知颍州，尤喜此湖，有诗赞曰：“菡萏香清画舸浮，使君宁复忆扬州？都将二十四桥月，换得西湖十顷秋。”苏轼于哲宗元祐六年（1091 年）从杭州调知颍州，他将杭州和颍州两地的西湖进行比较，诗云：“大千起灭一尘里，未觉杭颍谁雌雄。”

颍州西湖景点很多。晏殊任知州时，筑清颍亭和清涟阁（又名去思堂）。欧阳修在任时，建双柳亭、聚星堂以及宜远、飞盖、望佳三桥。苏轼来颍州后，又建择胜亭。此外，还有会老堂、西湖书院等，并有菱荷十里，杨柳盈岸，为憩游胜境。

作为历代名胜，史料对颍州西湖多有记载。明代《正德颍州志》云：颍州西湖“长十里，广三里，水深莫测，广袤相齐”。《嘉庆颍州志》赞之“菱荷飘香，绿柳盈岸；芳菲夹道，林苑烂漫；曲径通幽，斜桥泽畔；画舫朱艇，楼台亭榭，错落其间”。《大清一统志》载：“颍州西湖闻名天下，亭台之胜，觞咏之繁，可与杭州西湖媲美。”

轻舟短棹西湖好，绿水逶迤，芳草长堤，隐隐笙歌处处随。

无风水面琉璃滑，不觉船移，微动涟漪，惊起沙禽掠岸飞。

泛舟颍州西湖，微风吹拂，碧波荡漾，湖中有岛，亭阁点缀其间。把手伸入微凉的湖水中，我们依稀可以真实地触摸到那些早已流逝的岁月。而眼前似曾相识的美丽风光，让我们更加贴切地感受到那些流淌于笔端的诗意情怀。现在的颍州西湖是20世纪80年代重新修建的，位于原西湖旧址西南约4公里处。由于黄河泛滥，古颍州西湖已湮没于淤积的泥沙之中，昔日景致，不复存在。在西湖碑林游览时，见其中某个角落陈列着一些古建筑的石雕构件，仿佛是千百年前遗落的记忆碎片。

风流总被雨打风吹去。在这个世界上，只有变化才是恒久不变的。日新月异的社会巨变让现代文明进入了我们的寻常生活，而沧海桑田的无常变迁让那些铭刻着历史记忆的载体远离我们悄然而逝。

与杭州西湖、扬州瘦西湖相比，如今的颍州西湖看上去不似从前，显得有些逊色。这或许只是表象，其实未必如此。

几处西湖，各有千秋；今古西湖，别具神韵。淡妆浓抹固然尽显百媚千娇之态，素面朝天却是自有清新怡人之处；万紫千红纵然热情奔放，绿肥红瘦倒也楚楚动人;置身熙熙攘攘的都市虽能感受繁华热闹的现代气息,偏安僻静地远的郊外却可享受闲适安宁的自在生活。

欧阳修一生宦游多地,却对颍州一往情深,与颍州西湖结下不解之缘。他一生留下了大量赞美颍州、思念颍州的诗文,其中多篇与西湖有关。作为一代名臣,他不可能只是"在乎山水之间"。知颍之时,欧阳修就把此处当成自己的桑梓之地治理,疏浚西湖,请准放粮赈灾,扩建书院,传道授业。苏辙有诗赞誉欧阳修:"公居颍水上,德与颍水清。"

尽管欧阳修祖籍江西、出生于四川,可他还是选择将颍州作为自己的终老之地。宋神宗熙宁四年(1071 年),65 岁的欧阳修退休抵达颍州西湖之畔定居,一年之后与世长辞。作为一任"交流干部",欧阳修对颍州的至爱深情令人感叹。而颍州西湖的独特魅力也让今人神往不已。

西湖遗址上有一个名为"欧庙"的村庄。据称欧阳修去世后,其四子欧阳辨留居在此守祠。有报道说,数百年来,欧阳修的子孙依旧繁衍在皖北大地,人数现有三千余人。

平生为爱西湖好,来拥朱轮。富贵浮云,俯仰流年二十春。
归来恰似辽东鹤,城郭人民。触目皆新,谁识当年旧主人。

正是初春时节,乍暖还寒。漫步在颍州西湖的长堤上,仿佛穿行于时空的记忆中。如果说回顾历史我们能够感知深厚的文化底蕴,那么面向现实则可触及温暖亲切的人间烟火。或许,心中的任何感慨都是空虚而多余的,只有眼前的一切才是真实存在的。湖边有人在悠闲地垂钓,三三两两的游人边走边聊，他们是西湖现在的主人。

其实，迷恋一个地方和爱上一个人一样，不需要太多的理由。因为痴情，所以看在眼中，美在心里。于是，所有的一切都只有用“好”来表达：清明上巳西湖好，荷花开后西湖好，风清月白西湖好，残霞夕照西湖好……回味着那些传世佳作和前尘往事，流连于今天的颍州西湖，竟有几分恍如隔世的感觉，依稀陶醉在那份曾经的西湖情结之中：西湖真好！

（2010年3月）

对联中的李鸿章

晚清重臣李鸿章文采出众，写得一手好字。和其他文人墨客一样，他也时常撰写对联。这些对联从一个特定的角度折射出这位历史人物的内心世界并反映出其人生轨迹。

李鸿章长期担任清廷的直隶总督，左右中国政局四十年。在荣升为文华殿大学士后，他自撰一副楹联："已无朝士称前辈，尚有慈亲唤小名。"自得之形，气盛之意，掩抑不住，尽显联中。

在保定直隶总督府，两边的楹柱上留有李鸿章任直隶总督时题写的楹联。上联是：昔为畿辅，今控严疆，观政得余闲，一壑一丘亲布置。下联是：近接太行，远临渤海，豪情留胜概，亦趋亦步许追随。看上去意气风发，踌躇满志。

山西乔家大院的大门上曾有一副铜板对联："子孙贤，族将大；兄弟睦，家之肥。"相传此联是李鸿章所赠，晋商乔致庸为此花了大价钱，认捐了十万两白银用于组建北洋舰队。不过这副对联倒是显得朴实吉祥，含意深远。

李鸿章曾倡修和捐修了家乡的中庙和包公祠等。中庙坐落在巢湖北岸的凤凰矶上，因位居巢县和合肥两城之中而得名。中庙东侧有一座为纪念淮军将士而建的昭忠祠。祠中“薮泽众归墟，淝流其后，江流其前，遥瞻玉座凌风，作镇旧传天帝女；湘淮两新庙，君山在南，姥山在北，同挽银河洗甲，升香长颂水仙王”的楹联即为李鸿章所撰写。包公祠位于合肥市包河公园的香花墩上，刻于祠后石碑上的《重修包孝肃公祠记》和“一笑河清，乡国旧闻传谏草；千秋墩在，岁时薄酹荐香花”的对联亦为李鸿章所作。

“安得广厦千万间，庇天下寒士；愿与吾党二三子，称乡里善人。”这是李鸿章为杭州安徽会馆题写的楹联，用典精当，意工情切。

以上几副对联体现了李鸿章注重乡情和念旧的一面，同时也体现了他对故乡先贤的敬慕之意。

人人都有一本难念的经，大人物也不例外。1884 年中法战争前夕，朝廷中主战派和主和派相持不下。李鸿章力图避免战争，被抗法人士罗列了“六可杀”理由。李鸿章很是胆怯，赶紧闭嘴，并自撰对联一副：“受尽天下百官气，养就胸中一段春。”看起来有些心灰却并未意冷，自嘲味道很重。

据说李鸿章去马关谈判，日本的内阁总理大臣伊藤博文出上句相难：“内无相，外无将，不得已玉帛相将。”李鸿章对之下联：“天难度，地难量，这才是帝王度量。”反映出在即将倾倒的大厦中充当“裱糊匠”角色的李鸿章不得已而为之的尴尬及其内心潜在的伤感。后来有人在上、下联尾加上“将来怎样”“量也无妨”，可称绝妙之笔，讽刺意味颇浓。

1900 年秋，八国联军攻占北京后，李鸿章受命与列强代表议和。谈判结束时，中方与联方共同举行记者会。日本钦差大臣小村寿太郎以征联炫耀武力、羞辱清廷，其上联为：“骑奇马，张长弓，琴瑟琵琶，八大王，王王在上，单戈独战！”李鸿章怒火中烧，愤然应对回敬：“倭人委，袭龙衣，魑魅魍魉，四小鬼，鬼鬼犯边，合手擒拿！”字里行间，充分展现其过人文才与爱国情怀。

某地几年前的一次民间收藏交流大会上，有副对联引人注目。这副对联上书“山中经济惟寻药，老去心情只爱书”几个大字，落款为李鸿章。此联看来为李鸿章晚年所写，字里行间展现出这位朝廷重臣垂暮之际的落寞处境和悲凉心态。

李鸿章死后，清政府曾在他出生地和任职地修建10座祠堂，以示隆恩。在南京的李鸿章祠堂里，有今人书写的据称是李鸿章所撰的对联：“享清福不在为官，只要囊有钱、仓有粟、腹有诗书，即是山中宰相；祈大年无须服药，但愿身无病、心无忧、门无债主，便作地上神仙。”有人说这是李鸿章被免职在家时写的。联中透露了这位始终处于矛盾漩涡中心的达官贵人的无可奈何和渴求平和生活的心境，只是官居高位，身不由己。

对联，雅称“楹联”，俗称对子。它与书法艺术的美妙结合，成为我国特有的文学艺术形式之一。撰写对联属于风雅之趣，作者的真情实感，往往于不经意间自然而然地流露其间。通过对李鸿章所撰写对联的品读欣赏，我们印象中的李鸿章形象不再只是教科书以及史籍里那个道貌岸然的“中堂大人”，进而显得较为鲜活、生动和真实。

作为晚清的重要历史人物，“李鸿章”时而出现在他人撰写的对联中。三秦出版社的《对联》一书，就录入了两副与李鸿章有关的讥讽对联。

一副是：“杨三已死无苏丑，李二先生是汉奸。”杨三是指当时昆剧名丑杨鸣玉，李二则是因李鸿章在兄弟中排行第二所称。对联中，褒贬一目了然，责骂直截了当。“已死”对“先生”也令人叫绝。由此可见，代表清政府签订丧权辱国条约的历史，给李鸿章留下了垢耻。

另一副是：“宰相合肥天下瘦，司农常熟世间荒。”李鸿章是安徽合肥人，世人多尊称李中堂，亦称李合肥，其所任文华殿大学士相当于宰相。下联的“司农”是指户部尚书翁同龢，清代户部尚书亦司钱谷，故称司农，翁是江苏常熟人。此联把他们的官职和籍贯都写在里面，联语双关，反映了清朝末期国穷民贫的境况。

经历过起起落落，人生终有落幕之时。签订《辛丑条约》后不久，李鸿章因忧郁积劳，吐血而亡。在写给李鸿章的众多挽联中，不少堪称佳作。

晚清著名文学家、教育家俞樾所作的挽联是：“甫四十即封疆，未五旬即宰辅，经文纬武，盖代勋名，历数寰中荡寇，域外和戎，力任其难，相业巍巍千古少；位三公为太傅，食万户为通侯，重地隆天，饰终典礼，惟是边警仍殷，銮舆尚远，殁而犹视，忠心耿耿九原悲。”可谓对仗工稳，隶事贴切。只是观点较为片面，有歌功颂德之嫌。

中国近代启蒙思想家、翻译家严复所作的挽联为：“使当时尽用其谋，知成效必不止此；设晚节无以自见，则士论又当何如?”从中可以看出，严复对李鸿章是既有肯定，又有批评。

梁启超在《李鸿章传》中说：“吾敬李鸿章之才，吾惜李鸿章之识，吾悲李鸿章之遇。”他为李鸿章所撰的挽联是：“太息斯人去，萧条得泗空，莽莽长淮，起陆龙蛇安在也？回首山河非，只有夕阳好，哀哀浩劫，归辽神鹤竟何之。”

历史上的李鸿章，总的来看是个悲剧式的人物，围绕他的争议至今不休。而对联中的李鸿章，读来可谓酸甜苦辣咸五味俱全，令人感慨良多。

（2009年6月）

垓下遗韵

（一）

垓下之战是楚汉相争的最后决战。这场大战的遗址位于蚌埠市固镇县濠城镇，该镇有个垓下村。虽然存有争议，但目前史学界基本认定，现在的垓下村就是史籍中记载的“垓下”，而整个垓下古战场的范围应该是以此为中心，分布于现在的固镇、灵璧、五河、泗县交界处的方圆百余平方公里的广大地域上。

在濠城镇的街北尽头，一组大型雕塑引人注目。平台之上，两柄巨剑相对，斜指天空。魁梧雄壮的西楚霸王一手抱着自刎而死的虞姬，一手向上，仰面长啸，悲恸欲绝。平台四角立有编钟造型的雕塑小品，上刻楚歌歌词，意喻“四面楚歌”。

垓下之战的主要人物，应该是项羽、刘邦和韩信等人吧。眼前的这座雕塑却令人产生错觉，似乎垓下之战的主题并非楚汉之间轰轰烈烈的两军对垒，而只是一出霸王别姬的爱情绝唱。

从“霸王别姬”雕像向北500米左右，就是垓下村，又称霸王城。据介绍，坐落在沱河南岸的霸王城当初是一座土筑的营垒，地势偏高，四面环水，作为军事要塞易守难攻。如今的这里，已难以寻觅古战场的影迹，只有曾经的护城河以及土城的轮廓依稀可辨。这是一个典型的皖北村庄，红墙红瓦的房舍隐现在绿树丛中。可能是外出或下地了吧，很少见有村民在家，整个村子宁静而安详。村子中心有个小池塘，一群鹅鸭游弋其间，悠然自得。

大概是旅游开发的需要，池塘边立有一座战马塑像，想必就是项羽的坐骑乌骓了。大幅彩绘宣传栏图文并茂，内容是固镇垓下大汶口文化遗址被评为“2009年度全国十大考古新发现”的情况介绍。经考古发掘，专家认定这处遗址的年代主要是大汶口文化晚期和汉代两个时期。据当地群众说，以往每当大雨过后，时常见有残剑和箭镞露出地面。藏于历史记忆深处的垓下古战场，就这样被当今的人们有意无意地触摸到，清晰并且具象。

垓下遗址

（二）

汉高祖五年（前 202 年）十二月，刘邦与韩信、刘贾、彭越、英布等率领五路大军近七十万之众会师垓下，基本完成了对十万楚军的合围。刘邦任命韩信为统帅指挥大军作战。韩信命刘贾、英布军自南将楚军外围出路全部封闭，命彭越军自北封闭通路，韩信亲率主力三十万与刘邦本部军二十万合成一股，向困守垓下的楚军发起进攻，展开决战。十面埋伏，四面楚歌，最终导致霸王别姬、乌江自刎。于是，历时 4 年半之久的楚汉战争以刘邦的胜利而告终。

那是一场规模巨大的战斗啊，旌旗飞舞，剑戟闪光；战鼓隆隆，号角齐鸣；马嘶人喊，声震四方。那是一场惨烈的战斗啊，烟尘滚滚，地暗天昏；人仰马翻，尸横遍野；万籁俱静，残阳如血。如今，千百年风雨已经冲刷掉曾经的血腥，兵马卷起的灰沙早已尘埃落定，历经沧桑的土地上，即将成熟的玉米，叶绿穗红，一望无际。恍惚之间，看上去依稀是一列列将士，一杆杆红缨长枪。

毫无疑问，楚汉战争在中国历史上影响深远。然而，时光就像一个伟大而神奇的魔术师，在我们不知不觉中悄悄地改变着这个世界，演化的一些结果有时让我们出乎意料，琢磨不透，以至难以置信，目瞪口呆。

经过若干年的演进，那场惊天骇世的生死大决战的记忆有些面目全非了。不经意间，渐渐地蜕变成一项游戏种类，转化为一出文娱节目。

中国象棋的棋盘中间，作为红方和黑方的分界区域，写着“楚河”“汉界”字样。就在这些方格之间，双方“将”“帅”对阵，“车”来“炮”往，“马”跳“象”飞，相互厮杀，各不相让，绞尽脑汁，乐此不疲。此时，可能没有什么人会真正在意2000多年前的那场战争，也无暇理会曾经的胜负成败，更多的则是计较眼前这盘棋局的得失输赢，昔日相互残杀、你死我活的凶险早已被棋友之间对弈切磋的乐趣所取代。另有闲情逸致者，在《十面埋伏》嘈嘈切切的琵琶声中，颔首击节，追思怀古，闻香品茗，气定神安。纵观前后，似乎有些不可思议。可是，所有的一切都是如此自然而然。

争来斗去，从未停息，改朝换代，习以为常。对于满足于平静生活的普通百姓，纵然是千军万马杀声震天，任凭他江山社稷归落谁家，与我有何相干？那些陈年往事只不过是茶余饭后津津乐道的一些谈资，是闲来无事自娱自乐的一种消遣。

世事如棋，变化莫测。出现如此局面，即使是“走一步看三步”的绝世高手可能也始料不及。这番让人有些眼花缭乱、反差极大的演变，仿佛是历史跟我们开了个不小的玩笑。陷入这种境地，那些自命不凡、不可一世的豪杰枭雄们生前可能未曾想到吧？

（三）

“霸王别姬”的故事源于《史记·项羽本纪》。司马迁对虞姬着墨不多，只是写道：项王的军队在垓下筑垒安营，兵少粮尽，汉军及诸侯把他们层层包围。入夜时分，听到汉军在四周都唱着楚地的歌谣，项王大惊：“难道汉军把楚地都占领了吗？不然为何楚人如此之多呢？”项王连夜起来，在军帐中饮酒。有个美人叫虞姬，常受宠幸陪伴项王。有匹宝马名骓，项王经常骑乘。此时，项羽不禁慷慨悲歌，自己作诗吟唱道：“力拔山兮气盖世，时不利兮骓不逝。骓不逝兮可奈何，虞兮虞兮奈若何？”唱了一遍又一遍，虞姬在一旁应和。项羽泪流数行，左右诸将都跟着哭泣，谁也不忍心抬头去看项王。“于是项王乃上马骑，麾下壮士骑从者八百余人，直夜溃围南出，驰走。”另据《楚汉春秋》所载，虞姬的和歌是：“汉兵已略地，四面楚歌声。大王意气尽，贱妾何聊生？”对于虞姬的结局，史书并未提及。有关虞姬自刎身亡的情节，只是后人的演绎推断。虽为传说，也合情理。

虞姬墓园就位于宿州市灵璧县城东7.5公里的宿泗公路旁，现在扩建为“虞姬文化园”，成了一处旅游景点。内有碑廊、人物和故事画廊、雕塑广场等，颇具规模，气势不凡，只是游人稀少。一个用青砖围砌的大土堆就是虞姬墓冢，直径有好几米。墓碑的横额上刻有“巾帼千秋”四个字，中间是“西楚霸王虞姬之墓”，两边的对联是：虞兮奈何，自古红颜多薄命；姬耶安在，独留青冢向黄昏。墓冢上长有许多树木，其中一棵小树的枝头缀满花朵，鲜红似火，灿烂夺目。

虞姬文化园

以结束生命为代价了却一场情缘，此举极端而决绝，令人震撼。一段爱情故事因此定格，铸就经典。很显然，战场上惨遭失利的项羽，在情场上可谓春风得意。有知己红颜竟然为之舍命殉情，这让多少老少爷们羡慕嫉妒恨啊！既然失败已不可逆转，有美人如此痴情也不啻是人生的一大安慰吧。

很多事情是难以较真的，广为传唱的“爱江山更爱美人”只是一种不切实际的天真幻想。作为一代豪杰，没有人糊涂到连江山与美人孰重孰轻都分辨不清的地步。谁都知道，拥有江山，就拥有了包括美人在内的一切。丢弃江山，不仅一无所有，甚至性命不保。事实上，越是倚重权位之人，往往越是疏远人情和背离人性。

在霸业与自身性命岌岌可危之时，项羽是不可能过于在意并依恋一个美人的。即使是发誓“在天愿作比翼鸟，在地愿作连理枝”的李隆基和杨玉环，也只是落得个生死相隔两茫茫的结局。因为“安史之乱”，天宝十五年（756年），唐玄宗携爱妃杨玉环仓皇出逃。马嵬坡前，六军不发。受禁军胁迫，杨玉环被赐缢死。尽管有些无奈和不舍，唐玄宗还是选择与杨贵妃诀别。换作其他人恐怕也会如此，首选江山，没有悬念，绝少例外。可怜这些依附帝王的女子，固然风光一时，却是危机四伏。在与根本利益发生冲突的情况下，看似可以信赖的感情因素往往不堪一击，甚至不战自溃，意想中的所谓靠山转瞬之间就会轰然坍塌，就此可能失去包括生命在内的全部。

“红颜自古如名将，不许人间见白头。”美人与英雄的相遇，往往从一开始就注定了他们的悲剧结局，虞姬和项羽显然也难以逃脱这样的命运安排。

（四）

杀戮无数，见惯了生死，项羽这样的人物居然会像传说的那样英雄气短、儿女情长？一出情意绵绵的“霸王别姬”，可能只是那些“文艺青年”精心编制的爱情故事，或为迎合大众口味，或是借机聊以自慰。不过，在扭曲人性，充斥着暴力、残杀、血腥的战争中，虞姬舍身为情的壮烈之举无疑成为那片晦暗阴冷的天幕上一抹艳丽的云彩,牵动着人们的恻隐之心与悲悯之情,宛若灿烂夺目的"虞美人"之花,一直绽放在人间。

现实很骨感,有时硌人生疼;想象很丰富,令人沉迷其中。大概是因为世间之事时常难遂人愿,人们习惯于在想象中追寻并向往某种理想化的情感世界。于是,源自垓下的爱情故事因此变得纯真脱俗,变得韵味十足。

曾几何时,故事中男女主人公活生生地重返人间,来到世人眼前,出现在光彩夺目的舞台上。当咚锵咚锵的开场锣鼓声响起,各式角儿一身行头,重彩浓妆,粉墨登场。帅哥武生气宇轩昂、豪情天纵,靓妹花旦风姿绰约、柔情刻骨。踩着碎步,舞着水袖,巧目流盼,欲说还休,"虞美人"委实令人心动。照样是咿咿呀呀的莺声燕语,仍旧是你呼我喊的叫好喝彩。台上惟妙惟肖,亦真亦幻;台下如痴如醉,似梦似醒。人们沉湎其间,心情伴随着剧情跌宕起伏,或失声叹息,或无语凝噎。至于入戏至深的女子,早已泪流不止,湿透面巾。那些唱段,那些对白,余音绕梁,袅袅不绝。

戏如人生,人生如戏。其实,看戏的人们哪里是为古人担忧呢?与其说是同情失败的项羽,不如说是感伤现实生活中有些失意的自己。舞台上的西楚霸王,分明就是想象中的自己啊!匹夫不可夺志也,虽为凡夫俗子,也有英雄情结:王侯将相宁有种乎?时势造英雄呗;可叹生不逢时,如果身处乱世,没准咱也是一条好汉呢!

至于台上的那个美人,对于男人来说,分明就是自己的梦中情人。美丽且多才多艺,温柔而善解人意,风情但痴心不变,妩媚却坚贞刚烈,让人怜惜,让人疼爱,也让人魂牵梦萦。对于女人来说,则或多或少在虞姬的身上寻找到了自己的影子,叹息自己不济的命运,感怀自己不如意的人生。况且,故事里和舞台上的那种悲愤,那种凄楚,那种失落,那种无奈,实际生活中又何尝没有呢?

奔忙了一天的人们,就在这样的情境中打发着闲暇时光,消耗着剩余精力,调剂着单调生活,丰富着人生体验。然后带着回味,带着幻想,也带着几分知足走进昏昏沉沉的梦乡,走进属于自己真实而又寻常的生活。一幕幕戏剧化的情节就这样活跃在历史与现实之间,今天刚刚谢幕,明天又将重新开演。

(五)

时光不会倒流,往事耐人寻味。由于存在距离,那些看似凝重的故事进而融入了某些娱乐成分;因为置身之外,一段旷世悲情就此多了些赏心悦目的美感。于是,那部威武雄壮、激昂磅礴的垓下进行曲似乎成为渲染和烘托主题的引子,而霸王别姬那缠绵悱恻、哀凄幽婉的悲怆奏鸣曲俨然成为整幕大戏的高潮部分。至于尾声,大战的结果被悄然弱化。

汉宫陵阙,西风残照;多少风流,雨打风吹去。痛定思痛,每次战争都是一场令人深恶痛绝的噩梦。很多时候,那些帝王之争、朝代更替等所谓重大历史事件总是被普通民众有意无意地看轻或淡忘。而触及我们心底柔软之处的那些温情故事,看似微不足道,却代代相传,经久不息。那些从史书中脱胎换骨的主人公,已经成为典型的艺术形象深入人心,即使在戏剧逐渐式微的情况下也未曾改变。直至今日,诗文间、歌曲中、舞台上、影视里,此类闪耀着人性光辉的经典故事时而浮现,再续精彩。

爱情是人类社会的永恒话题。美丽的爱情故事,总是可以突破史实,超越时空,流传千古。只是,关于项羽与虞姬的咏叹已经与垓下无关。

(2012 年 11 月)

皖西古意

引子

位于安徽西部的六安市，俗称“皖西”。在皖西这片土地上，最具标志性的当数悠悠淠河水和巍巍大别山了。

淠河古称沘水，是淮河干流的重要水系之一。与其他历史久远的河流一样，淠河之水滋润着一方土地，养育着一方儿女，源源不断，千古流传。

大别山之名，最早见于《尚书·禹贡》。传说中关于大别山名称的由来，莫衷一是。据说汉武帝刘彻当年封禅南岳天柱，途经大别山，竟然两个月未能走出来，感慨曰：“此山之大，别于天下。”大别山因而得名。另有一说，大别山是我国南北水系的主要分水岭，它分开了长江和淮河两大水系，也分开了吴国与楚国两地，而南北两地的气候环境和风俗民情截然有别，所以叫做大别山。

水因长流而相似，山因特别而神奇，水秀山清的皖西因此独具个性，意韵悠长。在被刻上现代文明印记的同时，这块土地固有的古朴特征，不仅尚存于山水之间,更深植于人们世代相传的口音里。

随着语言规范化的推进,越来越多的本土乡音正渐渐失去本来面目,而那些来自远古的音讯更是日显珍稀。根据现代语言学的理论研究,古音遗留是姓氏、官职、地名等专用名词存在语音异读的重要原因之一。令人瞩目的是,与皖西相关联的某些古音以其顽强的生命力和稳定性留传下来,并且打上了极具地域特色的鲜明烙印。

“六安”的“六”,《康熙字典》和现代辞书均认定其读音为“路”。上古时期,这里为古“六国”所在地。“六”在古汉语中,通假“陆”字,意为“四周略高的陆地”,丘陵地貌显然与之相符。六安也被称为“皋城”,曾是皋陶后裔的封地。皋陶和尧舜禹并称为“上古四圣”,“皋陶”的“陶”读音为“窑”。这里还有与都江堰、漳河渠、郑国渠并称为我国古代四大水利工程之一的“芍陂”,“芍陂”读作“确碑”,这里的“陂”意为池塘、湖泊。这些带有浓重古意的语音,仿佛是透过岁月浓荫洒落的星星点点的光斑,承载着丰富的历史内涵,闪现着古代文明的灿烂光辉。

六安

2006年年初,考古人员为配合国家重点工程合(肥)武(汉)高速铁路建设进行例行勘探。在六安市的双墩村境内,他们发现沉睡千年的“双墩”其实是两座西汉时期大墓。经考证,“双墩一号”汉墓的墓主为西汉六安国第一代诸侯王刘庆。整个木质地宫墓葬结构保存完整,其墓葬规格是仅次于天子的“黄肠题凑”高规格葬制,从墓中发掘出土漆木器、铜器、玉器、金箔、银箔、兵器、车马器等文物数百件。随后,六安王墓被评为“2006年全国十大考古发现”。

在西汉时期诸多诸侯王中，“六安王”刘庆并不为人熟知，倒是“淮南王”刘安因发明豆腐的传说及其留下的《淮南子》一书而名扬天下。其实，二者之间颇有渊源。

从血缘关系来看，淮南王刘安是汉高祖刘邦之孙，胶东王刘寄是汉高祖刘邦的重孙、刘庆之父。算起来，刘安是刘庆的爷爷级长辈。

从封地情况来看，“淮南国”与“六安国” 地域毗邻，时间上前后相继。据专家考证，西汉时期奉行郡国制，汉高祖十一年（前196年），刘邦立少子刘长为淮南王，今六安辖地先属九江国，后属淮南国。汉文帝十六年（前164年），以原淮南地封刘长之子刘安、刘勃、刘赐等三人为淮南王、衡山王、庐江王。汉武帝元狩二年（前121年），淮南王刘安和衡山王刘赐谋反案发，二王自杀。淮南王所辖领地被一分为三，除庐江郡、九江郡外，武帝取六县、安风、安丰等县首字，立为六安国，六安之名由此延续至今。

西汉建国后的一段时期内，中央专制皇权和地方王国势力的矛盾日益激化，以至内乱不断。汉景帝三年（前154年），发生了以吴王刘濞为中心的七个刘姓宗室诸侯兴兵引发的“七国之乱”，又称“七王之乱”，后被汉景帝平定。淮南地域接连发生谋反，一直让朝廷担忧。公元前196年，淮南王英布叛乱；公元前174年，刘长叛乱；公元前122年，刘安叛乱。

据称，在淮南王刘安谋反案中，胶东王刘寄暗中准备了兵车箭镞，也有叛乱嫌疑。刘安兵败自杀后，刘寄惊恐，不敢立传后之人，后因病而死。汉武帝刘彻哀怜这个兄弟，先后于公元前121年和公元前120年封其最宠爱的次子刘庆为六安王，封其长子刘贤为胶东王，继承其爵位。

刘彻如此安排也许不乏作秀的成分，但确实属于煞费苦心的重情之举。因为刘彻与刘寄的关系非同一般，刘寄之母与汉武帝之母王太后是亲姐妹，两人既是同父异母兄弟，也是姨表兄弟。

刘庆和刘贤承蒙圣恩，感激不尽。为表忠心，刘庆上书保证："六地平安，永不反叛。"为"六安"赋予了新的含义。从此，刘庆和其继承者镇守的"六安国"与朝廷相安无事，共延续五代，直至西汉王朝终结，经历了132年。不过，当时诸侯王的权力已受到严重削弱。

刘庆当了38年六安王，死后被谥为共王，共即"恭"，按当时的解释，"正德美容，敬顺事上曰恭"，意为对上恭敬顺从。有关刘庆后来的具体事件，史料中已难以寻觅。不过，从刘庆的表现看，此人要么是个碌碌无为的平庸之辈，或者就是一个大智若愚的聪明人士。权位之争，你死我活，哪里管什么同根而生啊？还是你让我敬，彼此相安吧。远离动乱，化解纷争，利国利民利己，何必非得计较什么名扬青史呢！

《资治通鉴》对于淮南、衡山二狱的总结只有一句话："凡淮南、衡山二狱，所连引列侯、二千石、豪杰等，死者数万人。"在这幕几万人命丧黄泉的悲剧中，许多人惨遭满门抄斩，其中不乏刻意煽动者和盲目追随者，但大多数是躺着中枪的无辜受牵连者。

当权者之间的折腾争斗，往往难以分辨出是是非非，更多的时候只是带有血腥味的政治游戏。六安王刘庆墓与淮南王刘安墓相距不远，刘安墓位于寿县城北偏西2.5公里处。俩人同为刘家王朝诸侯王，一个死于非命，一个安享荣华；一个声名远扬，一个平淡无奇。淮南王刘安因才华出众而被后人熟知，却陷入政治旋涡，其结局令人扼腕。六安王刘庆及其后人在历史上的表现比较清静，看似属于"无为"之辈。然而，客观上能给六安民众带来长达一百多年的安宁生活，也堪称是"有为"之举了。毕竟，对于每一片土地来说，尤其对于六安这块多灾多难的土地，沐浴着"平安"的阳光显得弥足珍贵。

执政者的天职，最根本的应该是造福一方吧，而体恤下情、善解民意并顺应时事尤为关键。然而，一些过于追逐个人名利的当权者，总是不甘沉寂，蠢蠢欲动，往往搅得鸡犬不宁、民不聊生，以至怨声载道、事与愿违，甚至适得其反、祸及子孙。如此为所欲为，实属胡作非为。对于黎民百姓而言，所企求之“为”，无外乎安居乐业，不过是足食丰衣。

皖西博物馆

实际上，民安与国泰密切相关。六安那段长治久安的岁月，有着更为重要的大背景。在中国历史上，西汉与唐代并称为“汉唐盛世”。从休养生息到国力雄厚，从励精图治到威震四方，西汉实现了从“无为而治”到“大有所为”的历史转变，铸就了光耀千秋的非凡伟业。也许，如此历程就是所谓的“无为而无不为”吧。

一个深秋的早晨，细雨初歇，我漫步在淠河干渠的水边。渠水清澈见底，薄雾缥缈如纱。吊桥高悬，树影婆娑。群鸟在林间叽叽喳喳，好不热闹，几只野鸭在近处凫水，自在而悠闲。显然，这是一处鸟类的天堂。我想，如此美好的地方，也应该是人类可以“诗意地栖居”的一块福地。

皋陶

皖西博物馆坐落在六安市佛子岭中路，整体为汉代建筑风格。该馆以青铜文化、陶瓷文化、葬制文化和红色文化为主题，分为皋陶魂、星光灿烂、红旗漫卷三大部分，重点展示皖西地区历史进程中的文明精华。

走进展馆，迎面就是一尊高大的皋陶铜像，两侧的小型塑像是传说中协助皋陶断案的独角神兽獬豸。据介绍，皋陶是上古时期东夷集团的氏族首领，与尧舜禹齐名，在理政、制刑、教育、融合夷夏形成中华民族等方面作出了不可磨灭的贡献。因辅佐虞舜，奉命造狱作刑，且典狱公正，皋陶被后世尊为狱神，也被奉为中国的司法鼻祖。

史称“皋陶为大理”“作士以理民”。“理”为古时司法官名称，古汉语中“理”通“李”。相传，皋陶的一支后裔世袭了“大理”职务，故被称为理

古皋陶墓

氏,也称李氏。如此,皋陶成了李氏始祖。唐玄宗李隆基以皋陶为始祖而感到荣耀,于天宝二年(743 年)追封其为“德明皇帝”(《唐书·玄宗本纪》)。皋陶在历史上的声望由此略见一斑。

关于皋陶的生平和言论,《尚书》和《史记》中都有记载,《尚书·皋陶谟》中还记载了大禹和皋陶关于以德治国的对话。据此可知,皋陶不仅推行法制,也主张德政。

皋陶墓就位于六安市开发区境内皖西大道北侧,遗冢为一高达 6 米多的圆形土堆,墓冢顶端挺立着一棵黄连树,枝繁如盖。墓前的石碑为清同治八年(1869 年)所立,上刻“古皋陶墓”4 个雄浑苍劲的大字,由当时的安徽布政使吴坤修亲笔手题。墓的东侧,是一块颂扬皋陶功绩的纪念碑,上书“法制鼻祖,文明先驱;辅尧佐舜,创业开基。名列四圣,历代楷模;国封六国,天泰人和”等文字。

据史学家研究,中国古代的部族可分为华夏集团、东夷集团和苗蛮集团。尧舜时期以中原为核心地区,确立了华夏国家的雏形。江淮地区位于中原的东南,属于东夷集团领地。人们一直颇感疑惑的是,当时各个集团之间相互争斗,战事频繁,皋陶作为东夷集团的氏族首领,为何成为尧舜禹三代华夏部落联盟统治阶层的核心人物呢?

有研究认为,在尧执政时期,三大集团组成了联合政府。尧为联盟最高盟主,各集团首领到中央任职。东夷首领皋陶就是其中之一。有道是,没有永远的朋友,也没有永远的敌人,只有永远的利益。禹即位后,夷夏之间分歧加大。《战国策》中曰:“禹攻三苗,而东夷之民不起。”显而易见,打打和和,分分合合,古往今来,一贯如此。

《史记·夏本纪》称:“帝禹立而举皋陶荐之,且授政焉,而皋陶卒。”《帝王纪》云:“尧禅舜,命之作士。舜禅禹,禹即帝位,以咎陶最贤,荐之于天，将有禅之意，未及禅，会皋陶卒。”当时，皋陶已经成为集团联盟首领的继位人，只因先于禹离世而未果。上述记载一方面肯定了皋陶的政治威望和处理国政的能力，另一方面也反映了东夷集团的重要影响力。不过，选定一个垂暮的老者作为继承人，大禹这招颇有些遮人耳目、欲盖弥彰的意味。

所谓“禅让”，当时并没有形成制度。因为，“禅让”的过程一直与父传子的“世袭”影响纠缠在一起。据《史记》记载，尧把天下交给舜，可是尧去世后，舜为了让位给尧的儿子丹朱，躲避到了黄河南边；舜推荐禹为接班人，舜去世后，禹也把帝位让位给舜的儿子商均，躲避到了阳城；禹推荐皋陶为继承人，因皋陶未及即位就离世，于是传位于益。禹死后，益躲避到箕山之南，将帝位转让给禹的儿子启。如此让来让去，令人有些困惑，谁是真让，谁是假让，谁是故作姿态，谁是迫不得已？也许，在这些躲躲闪闪的“禅让”行为背后，有着某些我们不得而知的其他内幕吧。

这种所谓的“禅让制”以夏王朝的建立而终结。原因固然很多，但从中不难看出，只要涉及其关键利益，统治者个人的所谓“德行”最终往往是靠不住的。缺乏必要的制约，“放乎一己之私”的现象就难以避免。统治者如此，普通人可能也会如此吧。毕竟，坏的制度可以使好人变坏，好的制度可以让坏人变好。

有人推断，当时的“禅让”只是夷夏联盟的最高首领由华夏集团和东夷集团之间轮流坐庄。华夏的尧传位于东夷的舜，舜随后传位于华夏的禹，禹随后又传位于东夷的皋陶。通过实行轮流执政，进行最高政治权力的和平交接。倘若果真如此，多少有些“民主”色彩，当属进步之举。

从夏王朝开始，奉行皇权世袭，开始了家天下的“私有制”。于是，发出“王侯将相宁有种乎”疑问揭竿而起者、要求“皇帝轮流做”的谋反者络绎不绝，朝代的更替、皇权的争夺与残酷的战争联系在一起，血雨腥风，生灵涂炭。这样的改变，究竟是历史的进步还是倒退？

皋陶作为“法制鼻祖”，在建立法律制度、形成管理秩序等方面的历史贡献无疑值得肯定。但有些人把作为法律和制度总称的“法制”与基本要求是法律至上的“法治”混为一谈。二者虽然有着广泛的联系，却存在实质性区别。最明显的，“法制”可以成为“人治”的附庸或工具，但是“法治”却与“人治”根本对立。况且，存在于人世间已经几千年的法制，既不排斥掌权者言出法随、专断立法、暴虐执法，也难以医治一些个人或组织以言代法、以情枉法、以权压法、权大于法的痼疾，其历史的局限性显而易见。由此可知，实现“依法治国”的目标任重而道远。

常言说：“法律是最低的道德，道德是最高的法律。”虽然，在抑恶扬善方面，道德和法律是根本一致的。但是，道德底线的坚守，需要法制建设的完善。或许，皋陶的某些言论至今仍有借鉴意义。

芍陂

芍陂，今称安丰塘，位于寿县城南约 30 公里处。始建于春秋中期楚庄王时期（前 613 年—前 591 年），比都江堰始建时期早 300 年，是我国最古老的大型水利灌溉工程。2600 多年来，芍陂历经沧桑，几度兴衰，至今仍在发挥着灌溉效益。

正逢细雨绵绵的时节，我们驱车前往安丰塘。行至其北岸大堤，车外的水面白茫茫一片，不由惊讶：这哪里是“塘”，分明就是一个湖泊呀。又足足前行了五六公里，来到北岸中部的孙公祠前。只见一座四角碑亭临水矗立，碑亭两层翘檐之间的匾额上，镌刻着“天下第一塘”五个大字，亭中

烟雨安丰塘

石碑刻有《安丰塘记》。驻足亭间，不远处的小岛以及船只依稀可见。隔不多远，就建有一座与堤坝外的水渠相连的闸门。

据北魏郦道元《水经注》等史籍记载：安丰塘是孙叔敖为楚国令尹时主持修建。起初“陂周二百里”，后缩至“陂周百二十许里”，至民国，仅剩“周六七十里”。陂塘面积不断萎缩的原因，主要是陂塘自然淤积以及历史上被人为大量占垦。《安徽河湖概览》称，安丰塘现为淠史杭灌区淠河灌区内一座中型反调节水库，塘堤周长 25.4 公里，相应水面 34 平方公里，蓄水量 9012 万立方米，灌溉面积 1989 年达到 4.49 万公顷。算起来，安丰塘现在的水面大小相当于五六个杭州西湖呢。

孙公祠与碑亭隔堤相对，又名楚相祠、芍陂祠、安丰塘祠等，是后人为祭祀孙叔敖而建，现为孙叔敖纪念馆。门前悬挂的楹联是：“九天晓日灿江淮何处不春风，千里稻花香黎庶于今怀楚相。”

关于孙公祠的始建时间，尚无确切记载，但最迟不晚于北魏时期，后世迭有修葺。孙公祠现存建筑为三进院落，由大殿、耳房、还清阁（即崇报门楼)和仪门等组成,粉墙黛瓦,明清风格。祠内墙面上嵌有明清期间的碑刻19方,其中有历史上重修安丰塘碑记、禁止侵塘为田的积水界石记、安丰塘图、孙叔敖石刻线像及其传略、重修孙公祠碑记等。大殿中供奉着孙叔敖像,匾额书有"循吏第一"。

所谓"循吏",即奉职循理的官吏,说得通俗些就是"好官"。司马迁在《史记·循吏列传》中将孙叔敖列于首位,称其执政后,"施教导民,上下和合,世俗盛美,政缓禁止,吏无奸邪,盗贼不起。秋冬则劝民山采,春夏以水,各得其所便,民皆乐其生。"《列女传》更称其时"道不拾遗,门不闭关,而盗贼自息。"

孙叔敖是楚国期思(今河南淮滨东南)人,十分热心水利事业。按《淮南子·人间训》说法,孙叔敖在出任楚相以前,就"决期思之水,而灌雩之野"。据说,该水利工程就是我国古代历史上著名的"期思陂"。《绎史·孙叔敖碑》称其主张通过各种水利建设,"宣导川谷,陂障源泉,灌

孙叔敖纪念馆

溉沃泽，堤防湖浦，以为池沼，钟天地之美，收九泽之利，以殷润国家，家富人喜。”

安丰塘所在区域位于大别山北麓余脉，东南西三面地势较高，北面地势低洼，向淮河倾斜。每逢夏秋雨季，山洪暴发，形成涝灾；雨少时又常常出现旱灾。可谓“大雨大灾、小雨小灾、无雨旱灾”。孙叔敖根据这里的地形特点，组织民众在洼地挖塘，修堤筑堰，开沟通渠，将三面山地的溪流汇集其中。修建五个水门，以石质闸门控制水量，“水涨则开门以疏之，水消则闭门以蓄之”，不仅避免了水多洪涝成灾，而且保证了天旱有水灌田。整个工程规模巨大，设计合理，效益显著，史称“灌田万顷”。后经历代整治，芍陂一直发挥着巨大作用。隋唐以后，设置安丰县于芍陂的西北堤下，可能也是因为灌区内连年丰收吧，于是，就有了“安丰塘”之名，一直沿用至今。

治水无疑是利国利民的好事，而要把好事办好并不容易。当今的水利建设，不仅针对天灾造成的旱涝灾害，而且也面临人为影响形成的严重缺水和水体污染等问题。水利已不仅“是农业的命脉”，也成为国家的命脉，人类的命脉。

水是人类的生命之源。不仅如此，在中国传统文化中，水是“五行”之一，金木水火土，彼此之间既相生又相克。水中乾坤大啊，“河海不择细流，故能就其深”“水能载舟，亦能覆舟”“上善若水”“水善利万物而不争”，如此等等，寓意深刻，玄妙无穷，极富哲理。作为水利工程，也是要讲求“循理”的，只有根据地理条件因势利导，顺势而为才能无往不利。

显然，治水与治国，在道理上是相通的。想必作为治水专家的孙叔敖正是深谙此理，因而成功转型，成为政绩斐然的一代名相吧。

尾声

走出孙公祠时，雨仍然淅淅沥沥地下着，落到地上，落到我们身上，也飘落到安丰塘里。雨水总是如此，淋湿了季节，冲刷着岁月，淡化了过往。只是，老去的是时光，逝去的是记忆，长存的是人间情理。

行走在皖西大地上，回望历史，怀念先人，追寻古意，观照当今。我们的思绪在千年的时光里穿越，心潮起伏，感慨万端。犹存的古音，浑厚深远，余韵悠悠，别具魅力，挥发着一种莫名的亲切感。不经意间，有种感觉，那些古老的岁月并不遥远。

（2012 年 12 月）

风起涉故台

（一）

“风生于地，起于青萍之末。”但是，轻拂草叶的微风有时会演变成劲猛彪悍的飓风。2200 多年前，一场势不可当的风暴摧毁了秦王朝统治，大泽乡就是引发这场风暴的起始之地。因为载入史册，陈胜、吴广发动的大泽乡起义彪炳千古、世代相传。

正是初春时节，我们来到位于宿州市埇桥区的大泽乡。这里古代是一片沼泽地，如今变为成片的麦田，绿油油的麦苗长势喜人。

陈胜、吴广起义旧址是一处土台，因陈胜字涉，称为“涉故台”。景点大门为仿汉阙建筑，迎面耸立着巨大的陈胜吴广大理石雕像，整体设计为火炬造型。雕像后方即是高约三四米的“涉故台”，为“全省重点文物保护单位”。秦末时期，陈胜、吴广发动起义，筑台盟誓，诛伐暴秦，此台为当时所筑。

土台前，有两棵树迎面而立。一棵是青松，挺拔高大，苍翠欲滴。另一棵则形似枯木，枝干如虬，像是冬眠未醒，树干边的立石上刻有“柘龙树”3个字，此树传说为陈胜、吴广起义时期栽种。

涉故台不大，长宽各为六七十米左右，周边种植着柏树。上有几块石碑，为明清及民国时期所立，还有一口“龙眼井”。据说涉故台上原来建有寺庙，被毁后于明朝重修，新中国成立后作为小学校舍，现已无存。土台上，发青的茅草刚刚露头，踩上去硬生生的。

（二）

陈胜、吴广起义发生在公元前209年的夏季。对于后人来说，那是一个由一连串“关键词”汇集而成的故事，鸿鹄之志、鱼腹丹书、篝火狐鸣、揭竿而起，环环相扣，引人入胜。

有关起义的背景与发动起义的过程，是年少时从课本中得知的。印象中的陈胜，是个“愤青”，也是个“励志哥”。“苟富贵，无相忘”“燕雀安知鸿鹄之志哉”“王侯将相宁有种乎”，这些豪言壮语出自一个底层平民、一个怀揣梦想的下级军吏，字字铿锵，充满血性，震撼人心，千百年来，一直回荡在天地之间。显然，那是一个感人至深、令人敬仰的高大形象。

陈胜吴广雕像

然而，课文只是节选了《史

记·陈涉世家》第一部分，断章取义的内容留给我们的感知并不全面真实。原文还讲述了起义军与秦王朝生死决斗的经过，阐述了陈胜失败的原因，并引用贾谊的《过秦论》议论秦朝灭亡的原因。

通常把陈胜、吴广在大泽乡发动的起义称作中国第一次农民起义。虽说那时的兵役制度是兵农合一制，但称其为“农民起义”，也许并不确切。因为陈胜、吴广当时已应征服役，是相当于连级干部的“屯长”，他们的义举明显带有“兵变”性质。

一支行至大泽乡的九百人戍边队伍，遭遇大雨受阻，由于“失期，法皆斩”，以至走投无路。既然横竖都是一死，与其束手待毙，不如拼命一搏。在陈胜、吴广的带领下，这群人“斩木为兵，揭竿为旗”，奋起抗秦。于是，一场大雨，卷起了摧毁大秦帝国的滔滔激流；一声发至大泽乡的呐喊，四方响应，震天动地。随着风生水起，神州大地上展现出一幅波澜壮阔的历史画卷。

一个平凡的人，可以干出不平凡的事。或许，陈胜自己当初也未曾料到，一个微不足道的戍卒小头目，居然真的“死即举大名”，成了名垂青史的人物。显而易见，与“穿鞋”的达官贵人相比，“光脚”的平民百姓无所顾忌，也就无所畏惧。陈胜的功成名就，既有其志存高远、独具胆识的主观性，也有其身陷绝境的偶然性，更有着秦王朝失去民心、行将崩溃的客观性和必然性。

干不平凡的事，需要不平凡的气度和才能。缺乏远见卓识和雄才大略，终究难以撑起一片天地。起义军占领陈县（今河南淮阳）后，尽管三老、豪杰皆曰陈胜“功宜立王”，贤士张耳、陈馀却规劝陈胜“愿将军毋王”，认为“今始至陈而王之，示天下私”。过早贪名称王，显露私心，难以服众。陈胜听不进劝阻，坚持自立为王。

讨伐暴秦的壮举得到了各地的广泛响应，一时间，“楚王”、“赵王”、“燕王”、“魏王”等也争相兴起。但是，起义军内部因争名夺利相继发生自相残杀事件，局面有些失控。

称王之后的陈胜，并未践行“无相忘”的诺言。他的一个昔日“小伙伴”闻讯，兴冲冲前来看望，好不容易见了面，却因口无遮拦、胡乱“爆料”而被处死。陈胜的岳父因受其怠慢而发怒：“怙乱僭号，而傲长者，不能久矣！”拂袖而去。称王前后的陈胜，反差强烈，判若两人，乡亲们望而生畏；因对遭受暗中监视和查访不满，其手下将领也与之疏远，“陈胜王”成了孤家寡人。

始料不及的突然改变，卑贱与权贵之间的巨大落差，让陈胜无法适应，他周围的人一时也难以适从。此时陈胜的心态，也许与一夜暴富的“土豪”有些类似吧。

薄情寡义，乖张暴戾，仗势凌弱，胡乱猜疑，陈胜如此所为，是出于掩饰内心深处的自卑，还是长期遭受欺压致使心理扭曲变态使然，抑或是其他原因？莫非，在那个弱肉强食的暴力时代，大凡出人头地者，都会蜕变成心狠手毒、残酷无情的冷血动物？

由于组织涣散，势单力薄，陈胜带领的人马最后被秦军各个击破，其本人被自己的车夫庄贾杀害。此时，距离大泽乡举义只有短短6个月时间。吴广在此之前则因义军内讧遇害。

显然，不具备非凡功力，无以承受千钧重任。处于风暴中心的陈胜，无力把控局势，也无法左右自己的命运。“今亡亦死，举大计亦死”，难道陈胜早就预料到，无论如何选择，他所面对的都是一条绝路？

（三）

成就一番事业，仅凭胆量惊人和志向冲天是远远不够的。有太多的人，见识和才能难以撑得起满满当当的雄心壮志，因而陷入人生的迷茫。一般的缺点，对于平常人，也许不会造成太大危害。然而，一旦置身众目睽睽的更大舞台，有些原本不起眼的短处则因放大效应而凸显，甚至成为足以致命的缺陷。

陈胜、吴广因自身局限，没能走得太远。或许，“陈胜王”注定只是一个末路英雄，不能成为最后的赢家，推翻秦王朝统治的大任最终由“力拔山兮气盖世”的后来者完成。只是，西楚霸王项羽的结局同样令人感叹。毕竟，在政治舞台上，只会死拼蛮干者可以称雄一时，却很难得以善终。

“大风起兮云飞扬”，汉高祖刘邦的一首《大风歌》，雄壮威武，气吞河山。至此，尘埃落定，历史翻开了新的一页。毫无疑问，这场“大风”与涉故台紧密相关。

客观地说，作为反抗秦王朝暴政的先驱，虽然功绩显著，但陈胜并不具备奇特才能，也绝非圣贤之士。他的愤懑不平，他的胆大狂言，他的冲动敢为，他的求名心切，他的志大才疏，他的忘乎所以，所有这些都真切地表明，陈胜只是一个城府不深、有些执拗的“愣头青”，一个内心压抑、能耐不大的凡俗之人。虽然年代相隔久远，如今的我们似乎仍能或多或少地发现陈胜的影子，就在周边的人群之中。

作为“草根英雄”的陈胜，有些装神弄鬼的小聪明，缺乏“举大计”应有的大谋略；有着率性质朴的个性，却不具备领袖人物的人格魅力。既可爱可敬，又可怜可悲。

陈胜的人生历程，是一个“小人物”的成名史。一个底层平民，阴差阳错地成了抗秦英雄，让人钦佩之余有些费解。其实，正是陈胜身份的卑微和才识的浅薄，从某种角度更加彰显了当时社会的黑暗和民众的强烈不满。

不难推断，如果生活在政通人和的时代，陈胜应该是一个怀揣“将军梦”、乐于报效国家的热血男儿。虽然偶尔说几句大话，发几句牢骚，但是并无大碍，闻者也不过一笑了之。

其实，每个时代都不缺少陈胜似的人物，如果当时没有陈胜，相信也会出现“张胜”或者“王胜”，领头振臂一呼，因为顺应民意，所以应者如云。时势造就英雄，是特殊的历史背景成就了陈胜的传世英名。

毕竟，在历史的兴衰变化中，个人总是渺小的，不过是时代潮流中的一滴水珠，即使是所谓的“英雄人物”。

司马迁将陈胜传记作为特例编入《史记》中的“世家”，肯定其首先起义的非常之功，但多少带有些个人感情色彩；贾谊言陈胜“瓮牖绳枢之子，氓隶之人，而迁徙之徒也；才能不及中人，非有仲尼、墨翟之贤，陶朱、猗顿之富”，出身贫寒的陈胜，并无多少过人之处，这样的评价相对比较客观。

在有些人看来，陈胜的一举成名带有某种幸运的成分。但是，他身处的是一个不幸的时代，是惨无人道、民不聊生的社会现实逼迫他奋起抗争。只是大功未成却遇害身亡，这段“被”英雄的传奇轨迹，终究还是一出人间悲剧。可叹的是，在历史舞台上，这样的英豪并不少见，类似的悲剧也时常重演。

按照西方戏剧理论，通常把悲剧分为命运悲剧、性格悲剧和社会悲剧。但是，真实的悲剧往往难以简单而明确地以此进行归类。很多时候，产生悲剧的原因相互交织，兼而有之。不过，从总体上来看，发生在陈胜身上的悲剧应该属于社会悲剧。

毫无疑义,陈胜的反抗精神值得推崇。为“举大计”而死,死得其所。无论是谁,人生总有缺憾。然而,有一种人生,因为尽性,因为酣畅,所以快慰,所以无悔,所以视死如归。因为触发一场惊天风暴,陈胜的壮举令人瞩目,世代传颂。如此人生,惨而不淡,悲而壮烈。

不必也不应该高估和苛求“陈胜”们,身处社会底层,经国济世并非他们的责任和使命。生逢乱世,随波逐流,时常遭受灭顶之灾,他们甚至无法拯救自己。作为平民百姓,尽管只想追求平定安宁的生活,可是在那种世道里,看似寻常的期望却成为难以实现的奢求。是为政者的极端专制和胡作非为迫使他们忍无可忍,抱团抗争,由逆来顺受的“草民”变成铤而走险的“暴民”;是不甘欺压凌辱的反抗精神,激发并驱动他们无所畏惧,不惜以命相拼。

或许,正是因为才能不及的可怜之处、敢于反抗的可敬精神以及身处乱世的可悲命运,构成了陈胜所特有的具有多重主题的人生故事。留给后人的,是万千感怀,是一声长叹。

古人云:“先贤而后王。”为王之道,必先德能兼备,以义理为重,不为利欲左右。这是一种理想状态,关乎信念的崇高和坚定。然而,历朝历代,为王者众多,能称得上贤明的则少之又少,无论是分封的、世袭的,还是拥立的、自立的。显然,没有体制的保证,很难产生贤王明君,尤其是在封建专制的土壤中。

史实证明,如果不是贤能之辈当政,天下必然难以太平;倘若普通百姓不能安居乐业,不能安身立命,甚至被逼造反,这个社会一定到了必须改变的地步。千百年来,陈胜、吴广起义一直受到广大民众的赞赏和史学家们的高度肯定,是因为他们激起了人们为反抗暴力统治、争取平等公正而斗争的勇气和信心，顺应了人类社会发展的必然趋势。

（四）

从陈胜、吴广起义中，后人得出很多感悟。贾谊认为，秦朝灭亡的原因是“仁义不施，而攻守之势异也”。打江山与保江山，每个阶段的战略重点各不相同。但是，背离仁义、失去人心必将失去一切。一个“吞二周而亡诸侯，履至尊而制六合”的大秦帝国，曾经威震四海，竟然仅仅历经15年、二世而亡，从中不难感受到民众力量的强大。

“德不配位，必有灾殃。”德能与地位不相适配，是会惹祸上身的。不可一世的秦二世胡亥昏庸无道，宠信奸臣，致使国灭身亡，卒年24岁。显然，秦始皇对此难以料及，也难辞其咎。只信奉强权、不顾及民意，终究没有好结果，即使一时一世得利，也会祸及子孙后代。

作为统治者，纵然具备雄才大略，也不可好大喜功、一意孤行。不顾民意、为所欲为，横征暴敛、贪得无厌，严刑苛法、草菅人命，如此所为，必然后患无穷。或许正是从秦亡的教训中受到启发，才有了汉初推行的休养生息政策，出现了“文景之治”的盛世局面。

“高筑墙、广积粮、缓称王”，这是谋士朱升向朱元璋提出的建议。正是遵循这一方针，朱元璋韬光养晦，蓄势待发，一步步完成了统一大业。其中的“缓称王”，想必源于陈胜、吴广起义的历史教训吧？

历史的灰暗处，总是书写着血淋淋的残酷事实。那些鱼死网破、玉石俱焚的故事，细节处各不相同，前因后果却大致相似。

涉故台比较冷清，没有见到其他游人。土台前的台阶上，几个当地模样的老人正在闲坐聊天。风和景明，春光正好。令人感慨的是，并不雄伟、

涉故台前

略显平实的涉故台尚存于世，而秦王朝那些华丽的宫阙高台早就土崩瓦解，湮灭并回归于尘土之中。

漫步涉故台，感受世间沉浮，体会人生无常，心情有些沉重。临别之际，驻足回望，一望无垠的麦田里，涉故台兀然屹立，袒露出土黄色的本真面目，古朴沧桑，孤寂悲凉。有些恍惚，仿佛不经意地穿越了2000多年，走进那段风起云涌的岁月里。

（2014年5月）

聆听淮上脚步声

在古诗中，常以“淮上”泛指淮河之滨地区，如唐王维的“江城下枫叶，淮上闻秋砧”、南唐李中的“月生淮上云初散，家在江南梦去迷”以及宋梅尧臣“淮上一相遇，忆在京都时”等诗句。淮河之滨，犹如一座广袤的历史舞台，千百年来，许许多多的英雄豪杰，这方唱罢，那方登场。没有人能够说得清，这里曾经演绎了多少令人难忘的故事。

历史宛如奔流不息的长河，滚滚向前，一去不再。而每一条河流都流淌着属于自己的历史记忆，更多的时候，这些记忆仿佛风过无痕、雁过无声，悄悄地飘落于岁月的尘埃中。然而，当行走在淮河两岸并追寻其历史踪迹的时候，著名作家和学者赵焰认为：“那些看起来不复存在的东西并没有消失，它们只是躲了起来，避开了当下的时间；或者，以另外一种形式呈现。”

据称，央视十套《走近科学》栏目的编导曾赴广东海丰县了解这里有关留声谷的奇闻。据当地村民反映，当雷电交加风雨来临之际，时常会听到附近的山谷内突然枪炮声大作，夹杂着一阵阵激战的呐喊声、军号声以及哀号声，令人惊异。

关于空谷传音的罕见奇闻,目前尚无准确的解释。一些专家分析:这里过去曾经是战场,可能是当年战斗激烈进行时,恰逢雷电交加,在光电综合作用下,回荡在峡谷的各种声响,被岩层中具有录音功能的特殊物质记录存储下来。当雷电交加风雨来临之际,岩层就会将储存的各种声音能量释放出来。

我想,淮河边上如果具备类似特定环境条件的话,那些发生在曾经岁月中的某些声响也会时常再现于现实之中。在这些声响中,最显特别的,应该是那些来来往往、行色各异的脚步声。

静静的夜晚,翻阅着赵焰的《在淮河边上讲中国历史》这本书,眼前这些生动的文字隐约伴随着某种声响。恍惚间,耳边回荡起那些从古至今、纷沓而来的脚步声。这些脚步声或轻或重、或急或缓,由远及近、由虚渐实,或飘忽着拨动心弦,或有力地震撼心灵,有的如同踩着急急风的密集鼓点,有的好似和着花鼓灯的强劲节拍,连绵不断,余音不绝,从时空隧道中穿越而来。

——最早引人注意的,应该是大禹的脚步,匆匆忙忙,掷地有声。这个传说中的英雄,为治水而东西奔波,为疏堵而日夜操劳。路过家门时,想必他会有意放轻脚步吧,即便因任重道远而无暇顾及妻儿,其心中也应如常人一般存有愧对家人的难言苦衷。

——不疾不徐,悠然自得,若有若无,行止不定。这种随意而行的自在,淡定自若的情怀,只有大彻大悟的老子才会拥有。否则,身处凡尘,如何能够进入仙境一般的意象?有的时候,他出行时是听不到脚步的,旷野里留下的是那条老牛不紧不慢的蹄落声。

——夜空中,有些急促,也有些零乱的阵阵马蹄声,是谁的人马?一定是项羽带领的残兵剩勇。身处十面埋伏,耳闻四面楚歌,虞姬那含泪起舞的轻盈碎步，已足以让这位落魄英雄魂断心碎。轻轻回荡的，依稀还有《霸王别姬》那如泣如诉的旋律。

——在淮上那些纷乱嘈杂的脚步声中，还有管仲的、庄子的、陈胜与吴广的、刘安与“八公”的，还有曹操的、华佗的、嵇康的、欧阳修的、朱元璋的……

多少得失成败，多少爱恨情仇，多少喜怒哀乐，多少转承起落，都在这如潮水涌动的脚步声中随风远逝，又像淮河岸边的庄稼一茬一茬地接踵而来。这些脚步声，彰显着淮河流域生生不息的生命活力，揭示着华夏大地错落有致的时代变迁。

显然，脚步声能够从某种角度反映出一个人的特质和当时的境况，甚至从某种程度上折射出一个时代的印记。谨小慎微的，粗鲁莽撞的，节奏分明的，散漫无序的，得意的，慌张的，轻盈的，沉重的，急促的，从容的，如此等等。只要用心去聆听，就可以感受其间的细微区别。勿庸置疑的是，要在喧闹嘈杂的背景声中能够清晰地分辨出那些不同的足音，必须具备过人的定力和超常的分析能力。

赵焰的笔触，是灵动的，也是理性的。赵焰的听觉，是细微的，也是敏锐的。这些特点在他的文字中得到了淋漓尽致的体现。他如同交响乐指挥一样，能够从庞大的乐队中准确地捕捉到每个乐手的演奏。于是，在那些平常人觉得杂乱无章、似有似无、起转多变的脚步声中，他搜寻到其中隐含的内在编码——“明与暗”“名与实”“道与德”“水与人”“情与利”，还有“暴与乱”“爱与怨”“幻与变”“诗与剑”“狂与狷”“灵与爱”，如此等等。在他与众不同的解读中，我们似乎变得耳聪目明起来，那些已经烟消云散的诸多历史场景和各类历史人物，仿佛随着那些重现的脚步声，跃入我们的脑海间，浮现在我们的视野里。

正如赵焰所言:“淮河两岸,就是这样富有历史的质感,富有生活的情趣,更富有文化的多样性。”

淮河,一条古老的河流,一条饱经沧桑的河流,一条作为华夏大地南北分界标志的河流。多少年来,这条河奔流不息,时而汹涌澎湃,如同奔腾的千军万马;时而波澜不惊,如同两岸庄户人家走动的寻常;时而呼啸而去,好似风卷残云般的英雄;时而轻缓而行,如同思想深邃的智者。有的时候,她卷起的忧郁的波涛声仿佛淹没在长江的激流和黄河的巨浪之中;有的时候,她发出的激越的呐喊声又似乎汇聚着长江的咆哮和黄河的怒吼。

对于淮河,我并不陌生。我曾在淮河边的蚌埠工作生活过好几个春秋。这里位于淮河文化中心地带,拥有禹墟、涂山和冯嘴子花鼓灯生态文化村等独特的文化资源。说来惭愧,陷入凡尘俗事之中,我未曾真切地感知淮河所蕴含的文化魅力。更多的时候,回响在耳边的,只是自己孤独的脚步声。回味起来,站在那片厚重土地上的自己,是多么轻微渺小,又是多么迷茫无知。

其实,每个人总是在学习中成长,在思考中提高,而幸遇一本注重追寻历史脚步的好书无疑有助于我们继续前行。

或许,真的就像赵焰所说的,“这个世界上万事万物都有一种音乐般的节奏,只要你感觉了这种节奏,并能踩准这种节拍,上帝就已在你的心中了。”当我们的思绪随着赵焰畅达的文笔徜徉在淮河之滨时,于是,我们聆听到,在历史的空谷之中,回荡着淮上的足音,如同《大河之舞》的踢踏声,纷繁而不失浪漫和明快,多变却尽显美妙与精彩。

（2010 年 12 月）

徽州寻梦

如今的老街，尽管有些孤寂，有些落寞，却宁静而安详，让生活在快节奏时代、时常遭遇巨变的我们一见如故，一见倾心。因为，在老街的场景中我们可以感受到遗落在记忆深处的那缕温馨，从老街的遗际里我们可以品咂出人生的种种况味。

——《万安老街》

万安老街

因为距离高速路口很近，休宁中学门前的公路上车水马龙，路边的建筑物规划齐整，颇具现代气息。虽然很多次经过这里，如果没有当地朋友领路，我无论如何也想不到，颇具盛名的、被誉为古徽州“清明上河图”的万安老街，就位于公路南边的几百米处。

似乎是电影中常见的镜头切换，眼前的场景猛然把我们拉回到旧日的记忆中，让人有些回不过神来：曲折幽深的老街，平整光滑的石板路，鳞次栉比的老店铺，左右分叉的小巷道……素净质朴，自然真切，耐人寻味。

万安是徽州四大古镇之一，归属有着“状元县”之称的黄山市休宁县管辖。据有关史料，万安老街距今已有1700多年的历史，是当时徽州地区最繁华的集市之一，“小小休宁城，大大万安街”的民谚曾广为流传。

也曾游览过那些成为旅游景点的所谓老街，精心粉饰，完好如初，就像舞台上刻意置放的布景，徒有其形，神采不再。然而，更多的老街已经淡出我们的视野，消逝在岁月的尘烟里，凝固成那份难以化解的怀旧情结。

虽已失去昔日的光华，万安老街并未败落，依旧日复一日地延续着昨天的故事，散发出浓浓的生活气息。贴近这条老街时，你会联想到某个熟悉而慈祥的老人，腰身不再挺拔还是劳作不息，脸上写满皱纹仍然和蔼可亲，平日少言寡语但是令人敬重，饱经世事沧桑已是泰然自若。

古镇街景

长达2.5公里的万安老街分为上街、中街和下街。中街和下街基本保持着原有风貌。蜿蜒前伸的街道上少有行人，沿街的店铺大多关着门，墙面斑驳，门板也已陈旧不堪。颇感意外的是，店铺的墙壁上，一些老店号的名称还明显可辨，繁体字，竖着排列，如“恒丰自运官窑瓷器”“永发精制名香”“鸳鸯礼书”等。恍惚之间，时空逆转，脚下一块块光滑的石板依稀引领我们走向明清或民国时期。

生意人善于把账目盘算得清清楚楚，老街的店面之间似乎也习惯于彼此界限分明。在一家店铺的毗邻处，立于墙角的长条石上工工整整地刻着两列文字：“章姓墙外，滴水为界。”另一处也见有内容相似的字样，但有些模糊。想象当年两个相邻的店家正儿八经地划清边界的情景，突然回忆起年少之时同座的男生女生在课桌上画线分界的趣事，不由暗自发笑。岁月总是如此，悄悄地改变着世上的一切，也淡化了所有的过往，最终都升华为付之一笑的匆匆风云。

老街上，一些老店铺还在开张着。据介绍，位于下街的杜家豆腐店颇有名气，这家豆腐店从磨豆、筛浆，到煮浆、点卤、压板等环节仍采用传统手工工艺，做出来的豆腐味正、质嫩，深受当地人喜爱。我们来到时，豆腐店早已过了忙碌的时段，一位有些驼背的老太太在店里收拾着。交谈中我们得知，这位老太太今年80岁了，她和老伴做了60多年的豆腐，如今给女儿女婿帮忙。杜家祖上就以做豆腐为生，到他们的女儿这里，已是第五代了。

除了豆腐店，理发店的老师傅也在忙碌着，一位老大爷舒适地仰躺在座椅上，面敷热毛巾，等着刮胡子，店中还有两位顾客等候着。一家名为“今日兴锅坊”的店铺门面大开，店中摆放着各种各样的铁锅，还有犁头等物品，却不见店主身影。走过一家小作坊，两个老人正在对弈，楚汉相争，棋兴正浓。或许，老街上的每一天都自然而然重现着如此平实而知足的日子，经年累月，代代相传，生生不息。

与街面店铺敞开式格局不同，通向两边的小巷里我们见到的是传统徽州民居的封闭式立面。老街基本上顺着横江而建，沿江一侧的小巷通往水边，苔痕葱碧的石阶尽头，就是人们洗洗涮涮的水埠头或停靠船只的码头。据称，万安老街现存古水埠码头十多处。这些大大小小的水埠码头，在老街兴盛时期，想必是船来人往、热闹非凡吧，如今冷冷清清，空对一江碧水。

在一处临近江边巷道的墙壁上，镶嵌着一块嘉庆二十一年间（1816年）留下的石碑，记载着该镇居民捐款重修水埠路亭事项，“各号芳名”、支银明细、立碑时间一应俱全，合计“共支用过银一百零七两一钱五分”。算起来，这块石碑已历经近200个风雨春秋了，按说应该属于当时“村务公开”的历史档案吧，老徽州的乡风民俗由此也可略见一斑。

老街上还有着其他一些文化遗存。皂荚巷内，有一处保存比较完好的私塾旧址，这是教育家陶行知先生的启蒙馆。在这里参观时，我不禁想起那句“千教万教，教人求真；千学万学，学做真人”的名言。可叹的是，理念

古桥云影

与现实之间,往往存在着不小的差距。轻风吹过,传来孩子们琅琅读书声。不远处就是万安小学,循声望去,崭新的教学楼甚是醒目。万安还被称为“中国罗盘之乡”,“吴鲁衡罗经老店”制作的万安罗盘风格独特,声名远扬,其手工制作传统技艺被列入首批国家级非物质文化遗产名录。

万安现存好几座古桥。其中,富来桥是一座保存完好的独拱古桥,把中街与上街连为一体。桥下是一处老渡口,只是江面上已见不到来往的船只。站立江畔,放眼望去,万古长空,悠悠白云,与古桥、马头墙、葱茏的草木相互交融,倒映在静静流淌、清澈明净的江水之中。天光水影,云间老街,宛若仙境;徽韵古意,轻轻荡漾,动人心弦。

当公路成为交通要道,因水运而兴盛的万安老街便告别了昔日的繁华,也远离了现代生活的喧嚣与嘈杂。如今的老街,尽管有些孤寂,有些落寞,却宁静而安详,让生活在快节奏时代、时常遭遇巨变的我们一见如故,一见倾心。因为,在老街的场景中我们可以感受到遗落在记忆深处的那缕温馨,从老街的遭际里我们可以品咂出人生的种种况味。

（2012 年 6 月）

秋游散记

三棵树

我所熟悉的一位诗人,将他的诗集取名为《秋韵》,封面上点缀着几枚脉络清晰的红叶,简约却充满诗意,令人回味悠长。据说,黄山脚下的塔川已是红叶正浓的时节,我一时兴起,跟随同事们踏上了充满期待的秋日之旅。

到塔川的途中,有一处名为“三棵树”的景点,由三棵百年古树与一座廊桥组合而成,我们在此稍作停留。

不断牵动我们视线的,是盛开在山间路旁那些黄灿灿、白茫茫的成片菊花,在阳光照耀下灿烂亮丽,与苍劲的古树、徽派的廊桥、翠绿的竹林、清澈的溪水融合在一起,宛如一幅清新自然的写意之作。

正逢周末,游人不少。有自驾汽车的,有全副武装的摩托车手和骑行爱好者,大多三五成群,结伴而来。

廊桥之上人来人往,桥下清澈的溪水吸引了几个少男少女,他们全然不顾已是秋凉时节,赤着脚在水中戏耍着,好不开心。这份尽兴令人羡慕,看着有些心动。

走过廊桥，就是一片菊花地。空气中弥漫着菊花特有的淡淡清香，游人们在花丛中徜徉留影，几只小蜜蜂在花蕊间自由自在地飞来舞去。

随行的伙伴们都是爱好摄影的“色友”同事，大家端着“长枪短炮”四处搜寻着聚焦目标。几位正在赏花的女子见有诸多镜头争先恐后地对着自己，开心地摆着“pose”予以配合，并留下联系方式要求传送图片。同行的美女“色友”也都变成了“花痴”，没费什么口舌，几个身着亮丽骑行服的小帅哥随即心甘情愿地成为她们的专用模特。

徽菊流芳

显然，在这个季节里，菊花是当仁不让的主角，因而也成为各种单反机和“傻瓜”机捕捉的焦点。

与鲜花的娇美和游人的兴奋形成强烈反差的是，不远处的三棵老树巍然挺立，颇具“淡定哥”的风采。或许，它们见多了花开花谢，看惯了秋去冬来，以至参透了世间的炎热寒凉。

菊花不仅可以观赏，而且是一味珍贵的中药材。据称，徽州菊花曾因作为贡品而被尊称为“徽州贡菊”，具有疏风散热、养肝明目、清凉解毒的功能。不少人喜欢饮用菊花茶，想必他们是懂得一些“养生之道”的。按理说，“养生”应该包括“养身”和“养心”两个方面吧。然而，何处可以寻求到能够“养心”的妙药灵方呢？

行走山乡

按照预定的行程，我们一行徒步从宏村到协里，再到塔川，然后翻山赶到木坑竹海入住。

从宏村出口处的公路上，远远可以看到奇墅湖，蓝天白云之下，湖水闪着光亮，远处是层层叠叠的山峦，湖光山色，令人心旷神怡。

溯流而上，眼前出现了一片由溪水冲刷形成的滩涂地。使人诧异的

奇墅湖畔

是，这片河滩泛着粉红色的光彩。走到近处才看清，原来草滩上盛开着粉嫩的小花，茂密地簇拥着，连绵成片，像是为这片河滩铺盖上一层粉红色的绒毯。午后的阳光暖暖地照在大地上，几头水牛拖着自己的身影，在悠然自得地吃草，对我们这些匆匆过客懒得看上一眼。我们被这世外桃源般的田园风光所感染，领略并感受着这份不期而遇的宁静和美好。

秋天里，最出彩最浓烈的莫过于满山遍野的树叶了。红的热情似火，黄的灿烂如金，绿的活力四射，色彩斑斓，有机交融，富有油画般的质感。感觉中，这些秋叶宛如一群阅历丰富、个性各异的老男人，有些内敛，有些老辣，有些怀旧，偶尔也有些伤感，刻下了岁月的印记，散发出成熟的味道，沉稳却善于出新，厚重但激情犹在。莫非，秋色的迷人是因为其拥有了老男人的那种特有魅力？

山村的一切，看上去是那样自然，那样亲切。农家小院里挂在枝头红红的柿子，房前屋后觅食的鸡群，小溪中游弋的鹅鸭，一垅垅绿油油的菜地，这些熟悉而又有些陌生的场景轻易地就把我们带进儿时的记忆中。

到达宿营地要翻越一座小山，一位正在菜地里忙碌的大嫂成了我们的向导。我们头顶林间洒落的光影，踩着厚厚的落叶，顺着小道向着山顶进发。这条山路少有行人，好几处被成堆的杂乱树枝所阻断，我们只能在茶林间攀爬绕行。最后的几十米是一段陡坡，大家手脚并用，体会了一回攀岩的感觉。

登上山冈，已是傍晚时分。山脚下，粉墙黛瓦的村落笼罩在淡淡的雾霭之中。放眼远眺，暮色余晖里，夕阳山外山。

木坑竹海

因为曾经作为电影《卧虎藏龙》的外景地，木坑竹海吸引了许多游客。

但在我看来,这处需要购买门票的竹林景区似乎没有什么特别之处。

我们入住的是一处提前联系的农家客栈,生意不错,客房几天前就订满了。老板姓付,是当地村民,这里的竹林就是他们几户人家承包的。

竹子带给人们的感受颇多。苏东坡诗云:“宁可食无肉,不可居无竹。无肉令人瘦,无竹令人俗。人瘦尚可肥,士俗不可医。”国画大师李苦禅用联句“未出土时便有节,待到凌云尚虚心”称赞竹子的品格。或许,这些只是属于文人墨客的闲情逸致。

生活在城市里的人们,难得见到成片的竹林。可是在故乡的江南小山村,和这里一样,不仅有翠绿满山、连绵成片的竹林,家家户户的房前屋后也都环绕着茂密的竹园。有粗壮的毛竹,细长的桂竹、水竹、紫竹,还有实心的木竹等。

在乡亲们的眼里,竹子是他们日常生活中不可缺少的组成部分,与雅俗没有什么关系。许多农具都是用竹子做成的,如扁担、箩筐、簸箕、筢子、连枷、筛子、竹匾,如此等等。很多生活用具也离不开竹子,如竹床、竹席、竹椅、扫把、篮子、筷子等。还有竹筒水枪、钓鱼竿、竹笛等,更是与童年的快乐联系在一起珍藏于记忆深处,那是一个令人怀念的本真年代。

刚参加工作时,会篾匠手艺的表哥为我专门编织了一张竹凉席,不仅尺寸与单人床大小正好,而且做工讲究,结实耐用。这张竹席伴随我度过了一个个没有空调却酣畅入眠的夏日之夜。然而,那种无忧无虑的沉睡的香甜已经一去不再,成为令人感怀的陈年往事。

现实生活中,竹制品已不多见,竹子的实用价值似乎被人们淡忘。都市里稀少的竹子只是作为景观的点缀,显得有些矫情。曾经属于我们生活场景的竹林,因为时空的差距而显得弥足珍贵,变成了作为旅游消费而追寻的一道风景。

晚饭后，一群游客生起了篝火，音乐声也随之响起。大家围着篝火开心地跳着扭着，狂放地叫着闹着，似乎要把在都市生活中形成的积郁和压抑尽情地释放在这山林之间。

我独自离开热闹的人群，沿着小路漫不经心地走着。缓缓地舒展身体，深深地呼吸着山林间的清新空气。身边竹影摇曳，一轮又大又圆的明月静静地挂在澄净透澈的夜空，那些喧闹声已经留在了身后。

黄菇河

同伴中有一位资深“驴友”，他倡议返程从一处名为美溪的乡村经过。于是，我们有幸与美丽的黄菇河亲密接触。

行驶在黄菇河畔，如同穿行在一幅水墨长卷中。虽是深秋，河水仍然比较丰盈，河的对岸是如同屏障一般连绵起伏的山峰，收割后的田野、竹林、人家不时从我们眼前掠过，偶尔还见到有吊索桥横跨在河流两岸。

我们被车窗外的迷人景色所吸引，等到停车小憩的时候，大家按捺不住欣喜的心情，纷纷奔向河边。

横亘于水面的是一座顶部不足一米宽的拦水坝，坝体的石块上留下了被水流长年冲刷的痕迹，由此我们可以想象汛期洪水的湍急。眼前的水势显得比较平缓，河水顺着坝端的缺口处顺流而下，冲击出一朵朵洁白的浪花。一座已经废弃的高大水车依然架在河边，显得有些落寞和伤感，陪伴它的是挺立在岸边的一棵参天古树，浓密的枝叶长长地伸向河面。

这里的河水是清澈的，河底那些大大小小的鹅卵石清晰可见。这里的河水是多彩的，尽染的层林、透迤的青山和湛蓝的天空在水中投落下绚丽的倒影。这里的河水又是诱人的，同伴们感叹来的不是时候，如果是夏季一定跳下河去游个痛快。

其实,打动我们的不仅是这里秀美的自然风光,更是因为奔流不息的河流总会拨动我们心中的乡情,引发我们的乡思,凝结着那份难以飘散的淡淡乡愁。弯弯的小河往往与天真的童年、温暖的故乡相伴在一起,存贮在许多人的记忆深处,难以磨灭,永不褪色。

很多年前,有一首名为《等着我,小河》的歌曲给我的印象颇深。记得歌词是这样的:

我要走了,弯弯的小河/ 你在流泪层层浪波/我要走了,涓涓的小河/你在追我个个漩涡

啊,家乡的小河你听我说/我去寻找种子/让你的身旁开遍幸福的花朵/啊,家乡的小河你听我说/我去寻找知识/让你的身边结满丰收的硕果/家乡的小河你别难过

我会回来/我会回来/你等着我/等着我/等着我,小河

离开家乡的游子还会回归并厮守在小河的身边吗?那条小河还依然长流不息、水清如许吗?歌词显然是浪漫的,现实往往并非如此。更多的时候,家乡的小河难以亲近,只是萦绕在我们的梦境里。

我们在黄菇河的美景中沉醉遐想,流连忘返。在领队的一再催促下,才恋恋不舍地与小河告别。

大家相约,一定找机会再来。等着我们,黄菇河!

(2011年11月)

邂逅云岩湖

因为位置偏僻，云岩湖不被外界熟知。遇见云岩湖，是因了当地文友查君的引荐而临时起意前往的。没有约定，意外相逢；从未听闻，一见难忘。人与人之间的交往，人与某地的接触，可能确实需要某种缘分吧。

同山里人家的孩子相似，云岩湖除了拥有如此富有诗意的学名以外，还有一个比较平实的小名：岩坑水库。这是一座小型水库，位于齐云山南麓，建成于 1975 年，拦水大坝的位置就在休宁县的岩坑村。

从水库大坝上望去，远远近近，层峦叠翠，可眼前的水面并不大，感觉与其说是湖，倒不如说是大水潭更为贴切。可是，当我们泛舟水面，穿行于峰回水转之间，实际情形直接颠覆了我起初的看法。湖岔纵横，弯曲幽深，似乎漫无边际，遥不可及。

在那些大湖的宽广水面上，湖中的山就成了岛。然而，云岩湖中，由于水面的狭长，映衬出山仍然是山，还是那样高大，那样巍然挺拔；水则显得更为苗条细致，更为娇巧娟秀，乃至多了几分楚楚动人的味道。在这里，湖与山，如同稚气未退的小女孩陪伴着阅历丰富、满脸皱纹的老人，或绕膝倾听，或牵手缓缓而行。

小船摇摇荡荡，宁静的湖中，只有林间的蝉鸣声不时传来，偶尔，分不清是野鸭还是什么别的水鸟，扑哧扑哧地从不远处的水面掠过。游览途中，只见到几位学生模样的游客，他们饶有兴趣地在水中一块巨石上垂钓。

给我们摇船的小胡是当地村民，负责水库的管理工作。他为我们介绍着湖中的景点，虽不专业，但很热情，如数家珍一般。

湖天一色

小木船更像是在峡谷里穿行。这里是典型的丹霞地貌，群峰环绕，千姿百态。有的山峰好似一只静卧水面的神龟，有的就像一条劈波斩浪的巨轮。更令人叫绝的是，在一座山峰的顶端，几块岩石如同圆圆的灯笼并排高悬，惟妙惟肖，鬼斧神工。小胡说，这座山名叫灯笼峰，那座像神龟的山叫做万寿山。“这座呢？”有人指着水中形似巨轮的山峰问道。“泰坦尼克峰！”闻之一愣，随即大家开怀大笑起来。

小船停靠在岐山脚下。沿着一条满是苔痕的石阶向上攀行，迎面是整片的绛红色崖壁。稍近可见，一幅幅摩崖石刻遍布其间。其中，“亘古奇观”和“寿富康宁”几个大字最为显目，只是“富”字头上少了一点，据说有着“富不露头”的寓意。

巨型崖壁的右边，一座天生石拱桥凌空而立，气势不凡，堪称奇观。据介绍，此桥跨度有32米，宽8米，高26米，整座桥长90米。“天桥岩”下方的崖壁上，镌刻有大大小小、密密麻麻的文字，多达数十幅，年代从北宋到民国，跨越千年。其中，祁门人方汉诗曰：“石桥驾长虹，洞若下弦月。”所刻字体为隶书。明代万历年间镌刻的吴宗儒的题诗是：“杖藜挟客兴翩翩，共讶云中阁道悬。百丈石梁横蝃蝀（蝃蝀 dìdōng：同螮蝀，虹的意思），半空瀑布泻龙涎。仙岩经夏犹飞雪，灵窦无时不涌泉。勿谓人寰真境少，奇探亦自有壶天。”字为行书，挥洒自如。还有一些类似“到此一游”的题记。

天桥岩

看来，这里曾经也是一处名胜之地呢。遥想当年，那些游人墨客身着长衫，头上拖着一条长辫子，若是夏日，必定会手执纸扇，三五成群，吟诗作对，兴致勃勃。这些题刻的诗文，似乎是他们与今人的隔世传话。屏气凝神，山谷之间隐约还回荡着他们遗落的谈笑之声。

崖壁下方，是人工雕凿而成的石窟，看上去有不少年头了。小胡告诉我们，岐山一带曾是佛教领地，这座洞窟叫做石门洞。洞门一侧，有一块落款为“道人明镜”的楷书石刻，上书：“阿弥陀佛”和“偈曰：菩提本无树，明镜亦非台；原来无一物，何处染尘埃?”所闻所见，令我们有些意外，毕竟齐云山是一座道教名山。洞窟前，有破损严重的碑刻、断裂的方石，还有一尊碎为几块已残缺不全的石雕佛像，它们被散乱地弃置于草丛荒地间，似乎在默默地诉说着世事的无常。

据明代《齐云山志》记载，早在唐元和四年(809年)，歙州刺史韦绶便在石门洞下兴建了石门寺，直到明代香火还很旺盛。据说附近还有天泉书院和“詹东图读书台”等古迹遗存，当时这里还有一条通往休宁等地的古驿道，只是现已沉睡湖底。

兴盛也好，衰落也罢，所有的往事已成追忆。斜阳无语，芳草萋萋，眼前的山峰，呈现出尘埃落定的淡然，宛若大彻大悟的智者，不为所动，随遇而安。莫非，是缘自清澈灵动的一汪湖水，滋养着这份与世无争的豁达与洒脱，也远隔外界的浑浊和浮躁?

虽是盛夏，湖面上凉风习习，沁人心脾，只是说不清风从何方而来。天空中白云悠悠，倒映湖中，也不知云向何处归去。游弋在清风云影间，你可以沉思，可以感叹，也可以漫不经心地发呆，无论怎样。虽说是偶遇，但云岩湖依稀拥有某种气场，深深地吸引着我，这是一处放牧心情的绝佳之地。

(2012年8月)

徽州土楼

在人们印象中，提到徽州建筑，往往将其与粉墙黛瓦马头墙联系起来；说起土楼，更多的则会想到圆形的福建土楼。然而，在歙县南部，存在着一片较为罕见并且独具魅力的徽州土楼。

从摄影发烧友传到网上的图片，我们得知名为阳产的土楼村。图片中，夕阳余晖下，那片由金红色墙体、青黑色瓦顶组成的土楼，宛如梦幻中的世界，颇有些神秘感。还有反映当地收获季节“晒秋”的图片，淳朴的山民一脸憨厚，笑容灿烂。据说，阳产的“产”是“陡”的意思，“阳产”即为“能照到阳光的陡坡”。

3月下旬，又是一年菜花黄，我们再次来到徽州。从深渡镇租了一辆小面包车，在黄绿交织的山野间，沿着弯弯曲曲、又陡又窄的水泥小道盘旋而上。春雨绵绵，时断时续，或大或小，远远近近的峰峦叠翠此时沉浸在烟雨云雾之中。

驻足村口，眼前的土楼群让我们感到震撼：一幢幢，一排排，层层叠叠，鳞次栉比，密密麻麻却排列有序，高高低低却错落有致。与阳光下的景象反差很大，烟雨之中的土楼，屋顶的瓦片依旧是深黑色，墙体却为灰褐色，

阳产古村

只是微微泛红，土楼之间是湿漉漉的青石板小道，整个画面犹如一幅斑驳的老照片，明暗之间，散发着怀旧气息，别有一番韵味。

一个头戴斗笠的老人在村口与我们相遇，主动为我们当起了向导。老人六十多岁，姓郑。他告诉我们，阳产村历史久远，全村的男人都姓郑。据有关资料，郑姓家族的始迁祖是号称“郑半洲”的再能公，于宋朝自河南郑州迁徙而来，鼎盛时全村有500多户人家。和其他乡村一样，这里的年轻人大多外出打工了，只有一些老人留守在家。听说，春节期间外出的人们大多赶回家乡，小山村很是热闹。

我们跟着“郑导”在村中穿行。一座座土楼多为三两层，有的高达四层，均以青石砌筑成地基，以木料为梁柱，再用当地的黏土垒成墙体，就地取材，节约方便。土楼的最下面一般饲养牲畜或者放置杂物。有的土墙上，刷写着“毛泽东思想万岁”和“越南必胜、美帝必败”等大幅标语，或清晰依然，或模糊难辨，似乎在提示我们，记忆中的那个时代并不遥远。

这些土楼看似简易，却异常坚固，历经百年不倒，最古老的土楼已经安然使用300多年。如此经久耐用，除了建造工艺的独具匠心，应该与当地的环境以及居住者的悉心护爱密切相关吧。土楼冬暖夏凉，宜居养人。据说，阳产村是个“长寿村”，村里生活着不少八九十岁的老人。

土楼间的小道和台阶都用青石板铺成。石板小道纵横交错，曲折回环，一不小心就会走进“死胡同”。好多家已久无人住，铁将军把门，锈迹斑斑，门前杂草丛生。有的房子损毁严重，门破窗开，岌岌可危，看上去有些落寞荒凉。

村中水盔

村中的蓄水池有些奇特，水池的三面以及顶部都用青石板垒砌而成，当地人称之为“水盔”。这是村民们储存的山泉水，水体清澈，喝一口，凛冽甘甜。据说这样的“水盔”全村有六七处。一个偏僻的小山村，对于蓄水池这样的公用设施，能够建设并一直管理得如此完好，不禁让人刮目相看。

登上村后的山坡,整个村庄尽收眼底。山坳处的每座土楼与脚下的泥土色彩一致,质地相同,依稀挥发着土地的气息。同是徽州民居,这些泥土筑就的土楼多了一份质朴,平添了几许原生态的意境;而那些由精美华丽的砖雕、石雕组建的民居似乎多了一些世故,掺杂了几分刻意炫耀的意味。同为土楼,福建的圆形土楼体量巨大,有着大一统的气势,但家家户户亲近有余,个体空间似乎受到某种程度的挤压;徽州土楼则不然,相似却彼此独立,相隔却连接成片,分合有度,和而不同,颇有几分谦谦君子的气度和风采。

我们随意地在村中转悠,边走边看,边看边聊,边聊边想。不知不觉间,同伴们三三两两,渐渐拉开了距离。走过一处转角,有个耄耋之年的老太太引起我的注意,她独自坐在家门口的小靠椅上,身边放着取暖用的火篮,神情安详,静静地望着屋外,像是想着什么,又像是什么也不想。此时此刻,时间仿佛悄然停顿,唯有细雨不止。这种情景,让我联想到都市里小资们所崇尚的"发呆"状态。或许,那首"手捏苞萝馃(玉米),脚踏料炭火。无忧又无虑,皇帝不敌我"的徽州民谣就是这种安然无争、平静知足生活的真实写照吧。其实,有一屋遮风避雨,食可饱腹、衣能暖身,除此之外,任何物质欲望都是困扰自己的多余奢求。

雨又大了起来,一对老人看到路过的我们,邀请我们进屋避雨,又是让座,又是拿毛巾给我们擦身上的雨水,还客气地要倒开水给我们喝。他们的朴实和热情好客深深打动了我们。闲聊中得知,老俩口都年近七十,仍然下地耕种,孩子们在外地工作,他们则习惯了山村生活。小坐片刻,告辞出门,两位老人指引着直通村口的路线。我们走出很长一段距离,还能看到他们在门口守望。

阳产的徽州土楼,让我们惊奇,也让我们感慨;让我们留恋,也让我们沉思。实际上，从面世到毁弃，建筑物也是有生命的。数百年里，有多少雕梁画栋、金碧辉煌、看似牢不可摧的宫阙楼阁早已化作废墟和灰烬，从世人的视野中消失得无影无踪。但是，这些不加粉饰、用泥土筑成的土楼却抵御住年复一年的风雨侵蚀，依旧挺立在天地之间。它们似乎不仅富有生存的智慧，而且具有坚韧不屈的灵魂。

离别的时候，我们很是不舍。这样的山乡，是尚未被时光磨灭的历史遗痕，是空间记录中残存的珍贵碎片，飞速刷新的现实世界，正与之渐行渐远。飘摇的风雨之中，看上去有些老态龙钟的土楼，不知道还能矗立多久；那种古朴淳厚的乡情民风，不知道还能否得以延续和传承……

2014 年 4 月

踏春白际行

把我从沉睡中叫醒的，不是急促的手机闹铃，而是此起彼伏报晓的鸡叫声。这久违的啼鸣声是那样的清脆，又是那样的亲切。看看时间，才4点多钟。可能有些兴奋吧，昏昏沉沉的睡意转眼之间竟然消失得无影无踪。

这是皖南一个名叫白际的山乡，与浙江毗邻，平均海拔800米以上，是安徽最后通公路、通电话的边远乡村。有机会涉足这片土地，是因为同事中几个徒步爱好者的热心组织。为了不耽误行程，我们连夜赶路向山中进发。汽车离开高速公路不久，就在茫茫夜色中缓慢地沿着盘山公路旋转，我们也跟着不停地摇晃，不知拐了多少道弯，30多公里的山路竟然走了两个小时，休息时已是凌晨。

打开农家客栈的木板小窗，天色已亮。走出门前的菜地，只见山村的周边层峦叠嶂，一条哗哗流淌的小溪穿村而过。村民的房屋散落在溪流两边，有两三层的新楼房，有盖着小瓦的老房屋，有的墙体还是土垒的，墙根处整齐地码放着劈好的木柴。房前屋后，桃红梨白。起早的村里人，有的在门前打扫，有的在地里摘菜，有的在溪边洗涮，大多是上了年纪的老人。

当阳光从山岭间倾泻而出，一缕缕炊烟从树丛中的屋顶上袅袅升起，飘散在空中。

徒步计划的第一段行程是翻过一座山前往严池自然村。大家沿着林间小道向山顶进发，穿竹海，赏山花，兴致勃勃，显得比较轻松，不一会就到达目的地。放眼远眺，一幅以明黄为主色调尽兴泼墨而成的巨幅画卷尽收眼底，清新亮丽，令人惊艳。

花季严池

四月的严池，正是油菜花漫山遍野盛开的时节。驻足俯瞰，缀满黄花的梯田，高高低低，层层叠叠，宛如滔滔不绝的海潮，一波一波，奔涌向前，又好似款款飘落的云霞，随风轻舞，连绵起伏。一朵朵小小的油菜花，在阳光的照耀下，金闪闪，明灿灿，那样的质朴，那样的稚嫩，就像孩子们一张张纯真的笑脸。他们簇拥成群，相互依偎，热热闹闹地聚集在一起，偶尔还推耸着，不安分地摇晃着，时而还有些顽皮地把花粉涂抹到我们身上。微风吹过，依稀听见他们欢快的笑声，令人想起那充满欢乐和希望的金色童年。

我们被这迷人的景色所吸引，跑前忙后，左顾右盼，手中相机“咔嚓咔嚓”响个不停。大家在梯田间流连忘返，沉醉在油菜花那淡淡的清香中。

俗话说：“一年之计在于春。”山间地头，村民们在忙碌着，有的赶着耕牛犁地，有的耙田，有的种菜，有的采茶。辛勤劳作的场景，让我略感不安，此时的自己是否有些游手好闲呢？习惯于“朝九晚五”运转的我们已经难以确切感知季节变换的影响，现代社会的“耕作”形式也变得种类繁多，但“种瓜得瓜，种豆得豆”和“一分耕耘，一分收获”的道理似乎并不过时。可叹的是，总是有人对诸如此类的常识无动于衷。

水田边，我们看到村民们用半边毛竹连接起来，把泉水引入田里灌溉。显然，这是实实在在的低耗生产，体现出真正的民间智慧。村中，巍然挺立着好几棵千年红豆杉，有的树龄已有1500多年，苍劲的枝干高耸入云。这些老树，平静地守望着日出日落、花开花谢，执著地陪伴着生活在这里生生不息的人们，一代又是一代。与它们的丰富阅历相比，短暂的人生可谓微不足道。仰望古树的婆娑身影，敬意在心中油然而生。

皖浙交界处，有一处关隘古迹——古洞门。该关隘相传为元末明初时期建造，用大石块垒砌而成。在此稍作休整，我们开始了“徽开古道”的行程。“徽开古道”是古徽州与浙江开化之间的通商道路，这段起伏蜿蜒的古道用青石板铺成，穿行在崇山峻岭之间，由徽州商人筹资铺设。

顶着骄阳，行走在古道上，我们的步履变得沉重起来。走走歇歇，十多人的队伍前后拉出很长距离。大家切身体会到徽州人当年出行的不便，也感染着他们吃苦耐劳的精神。

沿白际大峡谷返回是徒步计划的最后一段行程。峡谷两边，枝枝蔓蔓，郁郁青青，一团一团火红的、粉色的杜鹃花以及不知名的山花开得正艳，林间不时传来鸟儿清脆的鸣叫。峡谷之下，溪水潺潺，明净清澈。不少游客坐到水边，脱下鞋袜，把脚伸入水中，感受着那份惬意的清凉。行至一个拐角处，路边的崖顶上，水流如落英缤纷，淅淅沥沥，源源不断地冲刷着崖底的一块石头，嗞嗞作响，当地人形象地称之为“油煎豆腐瀑布”。而蓝天白云下的“百丈冲瀑布”，激流如注，轰鸣而下，气势不凡。这段路程的原生态风光美不胜收，妙不可言，大家的心情为之振奋，徒步20多公里的劳累也随之淡忘。

百丈冲瀑布

白际之行是一次踏青之行，一次寻美之行，一次亲近和崇尚自然之行。白际之行是短暂的，留给我们的印象却特别而深刻。与日新月异、繁华喧闹的山外世界相比，这里让我们感受最深的，是岁月的宁静和沉淀，是乡村气息的纯朴和自然。这种意境，显然也是生活在现代都市里的我们内心深处的向往和追求。

（2012年4月）

民谣中的徽州

民间歌谣乡土气息浓厚,特别能够体现出一个地方的民情民风民俗。民谣通过世代口传心授,或朗朗上口、易于诵读,或娓娓如诉、适于吟唱,无不贴近真实生活。徽州民谣地域特色鲜明,不仅数量众多,而且内容丰富,宛如山间地头的野花,随性而发,遍地开放,清新素雅,光彩自然。而民谣中的徽州,显得更加鲜活生动,更具独特魅力。

(一)

徽州,因商人辈出而广为人知。徽州经商者的商号店铺曾遍布海内,所到之处有“无徽不成镇”的说法。明清时期,徽商在全国商界称雄三四百年之久。

古徽州农耕条件差,素有“八山半水半分田,一分道路和庄园”之说,人多地少的矛盾迫使徽州人远离故土,外出谋生。“前世不修,生在徽州。十三四岁,往外一丢。”这首流传甚广的民谣道出了徽州人离家远行的伤感,几分无奈,多少辛酸,尽在寥寥数语之中。俗话说:在家千日好,出门事事难。离家经商，是徽州人不得而已的选择。

“学徒苦，学徒愁，头上戴‘栗包’，背上驮拳头。三餐白米饭，两个咸鱼头。”学徒生活无疑是艰辛的，除了粗茶淡饭、遭受体罚，还要饱受少小离别爹娘的思乡之苦。这些都是孩子啊，想必他们的父母也是于心不忍吧？然而，因为生活所迫，为了孩子前程，也为了家族的希望，他们只能咬咬牙、狠狠心，毅然选择送子远行。相比这些从前的小学徒，如今的孩子们无疑要幸运得多，虽然也承受一定压力、受到某些委屈，似乎这些就显得微不足道了。毕竟，生存的压力和成长的烦恼不可同日而语。

隐忍与坚持的动力，源自过上“好日子”、成为“人上人”的梦想与追求。《绩溪县志》中记载着这样一首民谣：“火焰虫，低低飞，写封信，到徽州。一劝爷娘别牵挂，二劝哥嫂不要愁。一日三餐锅焦饭，一餐两个腌菜头。面孔烟抹黑，两手乌溜溜。今朝吃得苦中苦，好的日子在后头。”还有一首《写封信啊到徽州》与之类似，其中唱到：“青竹叶，青纠纠，写封信啊上徽州。叫爷不要急，叫娘不要愁，儿在苏州做伙头。儿今在外学生意，心中记住爹娘的话：‘茴香萝卜干，不能自己端；吃得苦中苦，方为人上人。’学好了生意，我再上徽州。天啊地啊老子娘啊，没有出息我就不回头。”歌谣中的“茴香”为“回乡”的谐音，“萝卜”音同

庭院深深

“落泊”，意为混得不好是没有脸面回家乡的。独自承受苦难，频频劝慰家人，从不怨天尤人，歌谣中反映出徽州人坚韧不屈、义无反顾的性格特征。

浪迹四方，忍辱负重，心怀梦想，孜孜以求，这种“徽骆驼”形象是外出经商的徽州人的真实写照。由此可见，徽商的发展历史，首先是一部悲壮激昂、自强不息的奋斗史。当一个个腰缠万贯的徽州商人衣锦还乡，他们不仅成为亲友乡邻们的表率和楷模，也成为属于那个时代的“励志哥”。

“丈夫志四方，不辞万里游。新安多游子，尽是逐蝇头。风气渐成习，持筹遍九洲。”这首嘉庆版《黟县志》中的民谣，更是一首言志之诗，表现出一种豪迈之气，充满着催人奋进的“正能量”。

（二）

据称，徽州人中经商者占十之七八，而外出经商者有三年一归俗例。因此，当地有着“一世夫妻三年半，十年夫妻九年空”的说法。众多的徽商之妇，成了长期独撑家门的留守女士。许多徽州女子，则小小年纪就成了婆家的“童养媳”。

所谓童养媳，就是女孩从小被抱养，长大后成为所抱养人家的儿媳妇。旧时社会这种情况比较普遍，成为一种陋习。在徽州地区，很多男子由于十三四岁就外出学徒，童养媳现象更为严重。“喜鹊哥哥尾巴长，十八岁大姐三岁郎。半夜三更要吃奶，‘我是你的老婆不是你的娘！’不看公婆待我好，一脚踢你见阎王。”这首《十八岁大姐三岁郎》真实地反映出童养媳的不幸生活，愤懑之情，溢于言表。民谣《等郎媳》更是将这种现象斥之为“荒唐”，表现出强烈的不满情绪和反抗意识：“娘啊娘，做事真荒唐。你讲把我给个好人家，童养媳等童年郎。我大他十岁甚样讲？不像老婆不像娘。驮着要撒尿,哭着要吃糖。日间领他嬉,夜间驮上床。清早起来帮他着衣裳。等到郎大我已老,命里注定没法想。”

显而易见,在盛行“一夫多妻”习俗的旧时代,童养媳这种畸形婚姻带给女性的痛苦和灾难无疑是深重的,而当时女性遭受的诸多不平等待遇在现代社会更是难以想象。从这些昔日的民谣中,我们不难看出女性的命运和社会地位所发生的巨大变化。

《十送郎》是一首徽州女人送别丈夫的民谣:“一送郎,送到枕头边,拍拍枕头睡睡添,今夜枕头两边暖,明夜枕头暖半边来即冷半边;二送郎,送到床面前,拍拍床梃坐坐添,今夜床梃并排坐,明夜床梃坐一边来即空一边……九送郎,送到灯笼店,别学灯笼千个眼,要学蜡烛一条心;十送郎,送到渡船头,叫一声撑船哥、摇橹哥,帮卯家郎撑得稳端端。”有依恋,有伤感,有叮咛,有期盼。

流传于屯溪的《送夫出门》的民谣,则表现了怀有身孕的徽商之妇渴望得到丈夫照顾的情景:“十指尖尖奉一杯,(夫白:摆到桌上。)敢问夫君几时回?(夫白:不曾走,就想我回来?)十月初上要分娩。(夫白:生呗!)分娩之时靠何人?(夫白:叫你妈来!)”妻子明知难留,心有不甘;丈夫看似无情,实属迫不得已。

更为凄苦的,是那些一去不归、丢了性命的商人的家属。《寡妇门前多冤家》通过一个男子之口唱出了这种悲惨的场景:“十指尖尖白笋芽,肩挑祭盒手拎茶。坟前点了一炷香,哭得眼泪湿青衫。当初劝你嫁给我,日里种田夜绩麻。偏要嫁个生意客,一封死信捎来家。你进不能进,退不能退,身子悬在半山崖。有心帮你把绳解,哎呀呀,寡妇门前多冤家。”如此不幸,令人唏嘘。

离别之苦,总是难以忍受的。从一首流传于歙县的《宁愿嫁给种田郎》的民谣里，我们可以体会到徽商之妇的失落心情：“悔呀悔，悔不该嫁给出门郎，三年两头守空房。图什么高楼房，贪什么大厅堂，夜夜孤身睡空床。早知今日千般苦，宁愿嫁给种田郎。日在田里夜坐房，日陪公婆堂前坐，夜伴郎哥上花床。”徽州人外出谋生，很大程度上是受地理环境的影响。或许，聚少离多的生活是曾经的徽州人难以摆脱的历史命运吧。

相对于贫贱夫妻的哀愁，富庶的豪宅、衣食无忧的生活总是令人向往。但是，人们往往难以察觉高楼大院和绫罗绸缎掩盖下的诸多苦衷。从这类出自富裕人家的“吐槽”中，我们更加明白，物质需求的满足未必能够带来真正的快乐和幸福。现代社会中，是“坐在宝马车里哭”，还是“坐在自行车上笑”，往往成为一种难以兼顾的选择。然而，人生的取舍从来就没有统一标准，只有当事人的内心感受才是关键所在。有的时候，内心的凄苦远比生活的困苦要难熬的多，由衷的快乐则远胜于物质的享受。否则，为什么会有“只羡鸳鸯不羡仙”的选择和追求呢？

（三）

如果说外出经商是一种对于命运的抗争，那么留守家乡就是一种随遇而安的顺应。两者之间，似乎体现着儒道文化的不同。

外面的世界固然精彩，山里的生活也自得其乐。一首《山里好》展现的就是一种世外桃源般的自在生活：“手捏苞芦馃，脚踏料炭火。无忧又无虑，皇帝不敌我。”放弃不着边际的幻想，享受触手可及的幸福，选择这种生活方式的人未必属于生活的强者，但是他们以一种柔韧的姿态应对着生存的压力与世间的多变。这种与世无争、自足知乐的心态看似有些消极，却不乏超然脱俗的睿智。

古祠印象

人各有志，各有天命。也许，所谓“活法”本来就不存在高下之分，只有自己适合与否的区别。吃饱穿暖，远离纷争，当然乐在其中。沉迷于虚荣和贪欲，则属自寻烦恼，极易导致人的心灵扭曲与迷茫。不少风光一时的“成功人士”，最后的结局也很悲哀。实际上，对所有的人来说，无论进退得失，保持一颗“平常心”更为重要。

至于娶妻成家过日子，还是各取所需为好：“有钱讨个娇娇女，没钱讨个瘌瘌婆。瘌瘌婆会搞柴，娇娇女会做鞋。”富裕有富裕的讲究，贫穷有贫穷的凑合。虽说活法不同，但是“搞柴”也好，“做鞋”也好，都是烟火生活的现实需要，与相貌似乎关系不大。这首民谣从另一个侧面表现出徽州山民朴实的观念、开朗的性格与豁达的情怀。

在传统观念中，“嫁鸡随鸡，嫁狗随狗”是女人不得而已的命运安排。《嫁小姑》反映的就是这种现象：“油菜花开满地铺，打锣打鼓嫁小姑。小姑命不好，嫁个驼背佬；进房又要牵，出房又要抱；上床又要背，下床又要驮。隔壁邻居不要笑，结发夫妻无奈何。”毕竟，“驼背佬”并不多见，歌谣中发散出的善意调侃，诙谐生动，意趣横生，展现出民间幽默的活力，同时表现出徽州女人对于夫妻情分的忠贞和无悔。

民谣《高兴嫁个种田郎》以一个出门经商者与一个村妇的对答形式表现出不同的生活观念：“男：肩挑饭，手端茶，背脊背个小囡囡；标标致致好姑娘，可惜嫁给个种田郎。女：粗茶饭，喷喷香，农家男儿身体壮；高兴嫁个种田郎，相亲相爱守田庄。男：当初嫁个出门客，冬着绫罗夏着纱；出门轿马金丝伞，家里丫头一大帮。女：我父也是出门郎，娘亲一世守空房；三年一封书信到，头颈望得鸭颈长。男：当初嫁个种田郎，好花插在牛粪上；风吹雨打季季苦，一身黄泥滚上床。女：宁愿嫁给种田郎，日同锅来夜同床；荣华富贵没根草，贫穷夫妻恩爱长。”

由于父亲是个“出门郎”，歌谣中的村妇对于母亲独守空房的痛苦感同身受。与那些想入“豪门”而未能如愿者不同，这位村妇没有丝毫“吃不到葡萄就说葡萄酸”的心态。她不羡富贵，心甘情愿地嫁给种田郎，安享粗茶淡饭的田庄生活。夫妻恩爱，虽苦也甜。因为对于自己的选择无怨无悔，村妇的回答理直气壮，掷地有声。从这首民谣中，我们看到了一个有主见、能吃苦、重相守的徽州女人的形象，个性鲜明，令人敬重。

（四）

无论世事如何变迁，童年的记忆难以忘怀。母亲的摇篮曲，还有小伙伴们传唱的那些童谣，总是一直珍藏在我们记忆深处。

摇篮曲与童谣是民谣中不可或缺的组成部分。有着“东南邹鲁”之称的徽州一向重视教育，“十户之村，不废诵读”“远山深谷，居民之处，莫不有学有师”。徽州人通过读书取得功名者众多，涌现出“一门八进士”“两朝十举人”“连科三殿撰，十里四翰林”等诸多科举佳话。在徽州，早在孩童时候，就从歌谣中受到这种风气的熏陶。

《来家做个状元郎》是流传于歙县的一首摇篮曲，歌中唱到：“推索钩，慢索落，我家囡儿进学堂。念不到三年书，来家做个状元郎。”尚在摇篮之中，就受到“进学堂”的观念熏陶，就确立做“状元郎”的人生目标，这样的早期教育对一个人的影响可谓先入为主、潜移默化。

《读书郎》是流传于屯溪的一首童谣：“牵三哥，卖三郎，打发囝，进学堂。读得三年书，中个状元郎。前门竖旗杆，后门开学堂。金屋柱，银屋梁；珍珠被，象牙床，枕上一对好鸳鸯。”《哥哥考个秀才郎》是流传于绩溪的童谣：“推车哥，磨车郎，打发哥哥上学堂。哥哥学了三年书，一考考着个秀才郎。先拜爹，后拜娘，再拜拜进老婆房。金打锁匙开银箱，老婆房里一

山里人家

片光。”这些民谣通过生动形象的语言，把“书中自有黄金屋，书中自有颜如玉”诠释得更加具体。

毫无疑问，这样的人生目标极具诱惑力和感召力。美好的前景，令人向往，理想的生活，充满期盼，又加之那些“做宰相”“中状元”榜样力量的激励，一代又一代徽州人奋力拼搏，逐梦前行。

在诸多徽州民谣中，我非常喜欢屯溪民谣《小石桥》，这是一首赞美屯溪秀丽风光和童年美好记忆的歌谣：“走过村口的小石桥，两对石狮憨憨地笑，顽皮的童年伴随着它，磨光了石栏把影照。走过村口的小石桥，潺潺溪水弯弯地笑，无忧的少年伴随着它，欢快的柳笛炊烟绕。走过村口的小石桥，嬉戏鸟儿轻轻地跳，畅想的青春伴随着它，甜甜的歌声花枝俏……”村口、石桥、石狮、溪水、柳笛、炊烟，如此意象，令人感怀，多少往事，重又浮现。歌词富有时代气息，却不失质朴清新。

从这些徽州民谣中，我们可以看到一幕幕鲜活的生活场景，体察到那些普通徽州人的喜乐哀愁。一首首徽州民谣，牵动着我们的乡愁情结，把我们带入那些一去不再、回味久远的旧日时光。

（2014 年 11 月）

闲寻桃花源

是先有五柳先生的《桃花源记》，还是先有名为桃花源的地方，似乎成为一个难解之谜。不少地方都声称当地就是“桃花源”的原型。听说位于老徽州的黟县也有一处“桃花源”，便慕名前往寻访。

公路在翠绿的山岭间蜿蜒起伏，向前伸展，一条溪水潺潺流淌，相伴而行。此溪名为漳河。据介绍，从渔亭镇通往县城的这条线路曾经是进入古黟县的唯一通道。

沿溪流而上，眼前突然出现一个急转弯的陡坡。下车前行，坡顶路旁的岩壁上，“桃源洞”三个石刻大字告诉我们，这里就是古桃源洞旧址。有资料称，当年洞口的两边刻有“白云芳草疑无路，流水桃花别有天”和“地多灵草木，人尚古衣冠”的楹联。听随行的当地朋友说，这个洞口曾一直保存完好，20 世纪 50 年代修建公路时遭到损毁。闻之不禁无语叹息，现实生活往往如此，时常与缺憾伴随。然而，美好的传说，总是令人萌生向往之心。

由桃源洞前行 1 公里左右，临溪有一巨石，名为“浔阳台”。相传唐代大诗人李白在游览黄山后到过黟县，曾在此处垂钓，留下了“磨尽石岭墨，浔阳钓赤鱼。霭峰尖似笔,堪画不堪书”的诗句。

继续驱车数公里,临近黟县县城。眼前的景象有些似曾相识,正如陶渊明笔下所记:“豁然开朗,土地平旷,屋舍俨然。有良田美池桑竹之属。阡陌交通,鸡犬相闻。”

有人考证,黟县的附近有武陵山,山中为吴氏部落(山越人),古称武陵人。距桃源洞不远处,赤岭村后有武水(又称武陵溪)流经淋沥山注入漳河。黟县之南的陶村,至今居住着陶渊明的后裔,陶家保存有世代相传的《陶氏宗谱》。如此看来,关于此地为桃花源原型的传说并非空穴来风,还是有些靠“谱”的。

黟县县城的周边,散落着保存完好的一些古村落,如西递、宏村、南屏等,青山绿水,粉墙黛瓦,交相辉映。田园风光,古朴民风,别具魅力。这些村落被誉为“桃花源里人家”。

“雾锁楼台,月迷津渡,桃园望断无寻处。”这是古人发出的感叹。自古以来,人们都在寻觅着桃花源。也曾了解过其他一些自称是陶渊明笔下“桃花源”的地方,与黟县的桃花源一样,均为景致相似,也或多或少与陶先生有些关联,但都缺乏实证,难以令人确信。因而,有关“桃花源”的原型究竟何处,依旧是众说纷纭,争论不休。其实,所谓“桃花源”原本就是一种亦真亦幻的理想化世界,否则怎会有“世外桃源”一说呢?正如著名作家峻青诗云:“尘世岂有桃花源,探幽何必问假真。但得众生爱心在,人间处处武陵春。”

古徽州的黟县,因为山高水长,交通不便,长期与外界隔绝,于是那些躲避战乱、逃离灾祸的名门望族选择将这里作为栖身之地。乱世之中,对于那些仓皇出走、惊魂不定的避难者,能够过上普通人的寻常生活已经别无所求,而一处安宁祥和的家园无异于梦寐以求的桃源仙境。

说起来,“尘世间”与“桃花源”理应属于彼此相对的概念吧。二者之别可能不仅表现为环境的差异,更在于诸如进与退、舍与得的一念之间。与农耕时代不同,在全球一体化、地球成为一个小小村落的趋势下,如今的人们即使萌生避世之心,也难以藏身,无处可逃。无疑,直面现实是我们唯一的选择。或许,“桃花源”也并非虚无缥缈,遥不可及,如果能够超脱于世间纷争,在喧嚣嘈杂的红尘中拥有一片平和宁静的内心世界,所在之处,岂不就是人世间的“世外桃源”吗?

到南屏古村游览时,我们穿行在水口树林里,流连于老宅深巷中,感受着徽州古村的独特魅力。时至中午,导游带我们参观名为“慎思堂”的老宅,刚进大门,酒菜的香味扑鼻而来,只见主客围坐,欢聚一堂,劝酒进菜,好不热闹。不便停留打扰,悄然环顾告退。心中暗自羡慕,好一处怡然自乐的人间仙境啊!

（2012 年 8 月）

难忘木梨硔

木梨硔村位于黄山市休宁县溪口镇境内，是一个公路尚未通达的小山村，被誉为“黄山最美的高山村落”。经不住一帮年轻同事的鼓动，深秋的一个周末，我们几个老男人聊发少年狂，欣然加盟入伍，踏上前往木梨硔的行程。

下高速、过县城、穿集镇，又在山谷间绕行了一段路程，大客车最终在一座跨溪的小桥前停下。路边的指示牌告诉我们，此处距木梨硔还有 4 公里。

通往木梨硔的是一条青石板古道。可能是不久前下过雨，背阴处的青石板上湿漉漉的，青苔密布，有些打滑。我们一行沿着古道在山林间或上或下，向村中进发。山风轻轻，拂面而过，带着山林特有的清新气息，深吸一口，沁入心脾，似乎有点甜丝丝的。刚开始，大家兴致勃勃，有说有笑，拿着相机边走边拍。渐渐地，同伴们的脚步变得沉重起来，走走停停，队伍拉开了距离。两个小伙子背负沉甸甸的露营装备，攀爬中显得有些吃力。我也气喘吁吁，汗流浃背。

翻过两座小山坡，已经看到有人在梯田的菜地间忙碌着，看来这里离村庄不远了。虽然只走了一个多小时，平常缺少锻炼和负重登山的几位同伴此时却一声不吭，坐在石阶上大口地喘着粗气。几个轻装上阵、体力较好的队友故意炫耀，连称这次徒步的距离太短，颇有些余勇可贾的意味。

秋日的阳光照在身上，暖融融的。路的一边是青翠茂密的竹林，倩影起伏，随风轻舞。一棵十几米高的老柿子树伫立在近处的山坡下，叶已落尽，虬枝苍劲，几只熟透了的柿子高挂枝头，红彤彤的，酷似一幅简笔画，别有意趣。梯田里，是一垅垅青菜和萝卜，绿油油的，水灵灵的，着实惹人喜爱，真想走下去帮助采摘一回。村口有棵银杏树，高大而挺拔，周身黄灿灿的，像是盛装迎宾的门卫。山乡秋色，真是处处迷人。

进入村中，所有的民居是清一色粉墙黛瓦的徽派建筑。全村地处山脊，三面悬空。房前的过道有些狭窄，可能是为了晾晒方便，也是出于安全方面的考虑吧，家家户户都在门口用木板搭起了形如栈道的晒台。据了解，这处山冈海拔近千米，住着 52 户人家，全村 160 多人，村民多为詹、洪二姓。如今，青壮年村民基本上都外出打工去了，村中大多为留守的老人。

村里没有客栈，我们借住在村民家中。据称，当天入住该村的游客有一百多人，来自合肥的就有好几拨，有的从江苏、浙江等地慕名而来，其中不少是带着“长枪短炮”的摄影爱好者。吃过晚饭，我与房东聊天。这位村民姓詹，年近 40 岁，和妻子带着两个孩子在杭州打工，因家里有事周末临时回村。闲谈间，他正津津有味地看着浙江卫视的节目。

走到屋外，蓝莹莹的天幕如洗如新，一颗颗亮晶晶的星星缀满其间，一弯纤细的新月不愿喧宾夺主，悄然待在一角。不时地，会看到卫星缓缓穿行而过。偶尔，见有拖着尾巴的流星闪烁着从群星间划过，随即就消失在茫茫的夜空中。天空很广，星星很近。眼前的夜景，令人回想起已经淡忘的少儿时光。携带帐篷的两个同伴属于资深“驴友”，他们在农家的阳台

云端山村

上安顿下来，说是夜里可以观看到流星雨。

山村的秋夜，寒气袭人。临睡前，洗个热水澡成了难以实现的奢望。农家使用的旱厕，简陋得让人望而生畏。被褥也不太洁净，只好和衣而躺，勉强对付一晚吧。

迷迷糊糊之中，听到房前响起零乱的脚步声。此时才凌晨 4 点多钟，窗外天色朦胧。想起行程的安排，我们赶紧起床，打着手电，匆匆前往村子对面的前山。观景亭及其附近的山坡上，人影憧憧，大家纷纷占据有利的观赏位置，有些人架起了相机。两位敢于冒险的摄影者还爬到了观景亭的小屋顶上，不禁让人为他们捏了把汗。

居高临下，俯瞰峡谷对面，木梨硔村尽收眼底。点点星辰，熠熠生辉，成片村舍，隐约可见。整个村落依山势延伸，层层叠叠，错落有致。黎明时分的小山村，似乎还在沉睡之中，几缕橙色的灯火从村舍里透出，显得宁静而温馨。

天色渐渐泛白，不知不觉，满天群星悄然离去，远山的轮廓开始清晰起来。宽广的天空，清澈而澄净。山谷之间，云雾飘缈，烟波浩荡，逶迤连绵，气势壮观。山影如黛，雾色青青，仿佛或浓或淡的水墨在宣纸上浸染渗透，相互交融。大小山峰，或远或近，如同岛屿和礁石浮现在海面。当阳光慢慢地投射过来，晨曦中的木梨硔，宛若神话里的琼楼玉宇，坐落白云之端，超凡脱俗，美轮美奂，令人陶醉。如此意象，分不清是梦幻中的天上人间，还是现实中的人间仙境。

四周静悄悄的，人们屏声静气，似乎被眼前的景象惊呆了。一阵阵“咔嚓咔嚓”的快门声此起彼伏，一幅幅美妙的瞬间随之定格并存储在大家的相机里。

山村的魅力，不仅来自诸如眼前的神奇美景，更是源于深藏在我们内心深处的温情记忆。那些小山村，总是与久别的故乡、与父老乡亲联系在一起，每每牵动着我们的过往，让我们动情，让我们迷恋，让我们日思夜想，让我们独自泪流。当一个个村落渐渐成为老人留守的“空巢”，当一处处故乡已经面目全非难以寻觅，当一片片村庄不断地从人们的视野中消失，那份无奈和失落是难以用言语来表达的。

印象中的唯美风光只是视觉感受，景象里的实际生活却是切身体会，二者远不是一回事，有时反差会更为强烈。面对古朴自然但显得有些闭塞落后的木梨硔，我的心情变得复杂起来。天远地偏的山林故土，终究不是大多数人都能够长相厮守的地方。为了追逐梦想，我们已经习惯于在都市中栖居奔走，尽管那里钢筋混凝土建筑比肩林立，并且时常笼罩在迷茫的灰霾之中。有些困惑的是，当我们享受着交通便捷、资讯发达、物质丰富等所谓现代文明生活方式的时候，难道注定就要失去许多曾经的美好？而生活在乡村里的人们，难道必须要与相对困苦的日子和比较陈旧的习俗相伴相随吗？

离开木梨硔的时候，云雾已经散去。对于这个风景美丽的小山村，我们只是来去匆匆的过客。而记忆中的故乡，虽然让人魂牵梦萦，却变得越来越陌生，也越来越遥远。

（2013 年 2 月）

借用慧眼看徽州

如今的徽州故地，已成为中外闻名的旅游胜地。黄山脚下，等待乘坐索道的人们排起了长龙；西递宏村，一拨又一拨的人流跟着导游的小旗涌进涌出。越来越多的人对徽州美景和徽州文化表现出浓厚的兴趣。

作为一名出生、成长在徽州的学者和作家，赵焰不仅对徽州有着深厚的情感，而且对徽州文化有着深入的研究。他对于徽州的感受是凝重的，也是复杂的。他眼中的徽州是具体的，但渐行渐远；是明晰的，却成为回望中难以触摸的记忆。

赵焰的"第三只眼看徽州"系列丛书由安徽大学出版社推出，分为《老徽州》《思想徽州》《行走新安江》《徽州梦忆》和《徽州老建筑》（与张扬合著）五部。整套丛书通过灵动、清新的散文笔法勾勒出徽州以及徽州文化的整体概貌，多变的视角、清新的语言、独特的解读令人眼前一亮。

在一次接受媒体的采访中，赵焰说："文学给了我第三只眼，让我用另外一只眼睛去看待这个世界。在某种程度上，这种视角能让人发现很多别人看不到的东西。文学就是发现。"顺着赵焰的视线，跟着那些灵动的文字，我们可以透过浮躁而喧闹的表象，寻觅到一个隐现于历史尘烟中的老徽州的身影,由此贴近真正的徽州,感受其独特的文化魅力。

“一生痴绝处,无梦到徽州。”这是明代戏曲家、文学家汤显祖的著名诗句。赵焰在《徽州梦忆》中说道:“根据这样的诗句理解,到徽州是不需要做梦的,因为徽州本身就是梦想。当一个地方既遍地流金,又山川秀美,并且能够实现天地山水树人之间的和谐时,又何必再去梦想什么?”笔墨之间,不经意地流露出一个徽州人对于故乡的热爱。可是,赵焰曾经说:“对于徽州,我不陌生,但并不算熟稔;喜欢,但谈不上热爱。”也许,刻意与徽州保持必要的距离,是出于一个学者应有的理性自律和深度思考的客观要求吧。

赵焰笔下的徽州是一个多视角的徽州。他把徽州置于中国文化的历史长河中寻找其深层次文化内涵,从东西方文化比较的高度俯瞰其属于自身的特质。

沿新安江顺流而行,他不断地回眸,探寻着徽州文化的本源。在《行走新安江》中,他写到:“徽州众多的隐士,造就了徽州亦儒亦道的精神,‘儒’是进取的,是理性的,是社会的,是宗族的,是油然于心的;而‘道’呢,则是个人的,直觉的,是天然的,是无可奈何的。儒和道,看似不相融,其实却是可以相融的。”

他还把目光投向新安江水的汇流处、入海口,把河流文化与海洋文化联系起来。比如关于徽商的成因,赵焰谈到:经济学家“桑巴特在分析欧洲历史上最具创新能力的群体时,曾经指出:异教徒、移民、受排斥的人最有可能成为创新者。而徽州,很明显就是移民和受排斥人的家园。”关于徽商当时所处的环境,赵焰感慨到:“当欧洲列强用威猛的战船去追逐财富遍地的‘印度’时,我们却把财富囤积在群山深处,竭力构筑自己的‘桃花源’。在重重叠叠的群山之中是看不到海的,也不知山外世界的日新月异。我们就这样与世界渐行渐远、南辕北辙。”读到这里，我们似乎感受到随之相伴的喟然长叹。

对于徽州人物，赵焰有着细致入微的观察和深刻独到的见解。在《思想徽州》中，他谈到：“徽州人在性格上表现得极其精细。与其他地方的人相比，徽州凡是需要在技艺和耐心上下工夫的东西总胜人一筹。徽州‘三雕’闻名于世，不仅仅是技艺的过硬，同样，承载一个精细工艺的内心也是至关重要，那就是安静、不浮躁、心如止水。”在总体分析把握的同时，他从西递古村那素朴安静的表象上敏锐地察觉到：“这种素朴和安静却是内敛和压抑的结果，在骨子里，满是精巧的心思和算计。”并因此引发感慨：“缺少出世的情怀，缺少济世的理想。一个人，一个村落，甚至一个国家，如果没有理想，没有情怀，即使再会算计，再会修身养性，智慧的庸常终有一天会变成真正的平庸。”

通过探究，赵焰还发现：“徽州人尽管从普遍的意义上缺少‘敢为天下先’的性格，但在绝少的部分人身上，却暗藏着执拗而固执的个性，表面平和，内心坚定地走自己的路。”在谈起徽州人胡适时，赵焰认为“也许胡适性格中最本源的成分是来自徽州吧。是山清水秀的徽州，带给了他清明的本质，也带给了他健康而明朗的内心。在这样的内心中，一切都清清朗朗，干干净净。这样清明的内心决定了胡适有着非常好的‘智的直觉’，也使得他能够有一种简单而干净的方式去观察最复杂的事物，对万事万物的认识有着最直接的路径。”

如此由表及里、由面到点的透析，可谓切中要害，入木三分；虚实结合的评议，则蕴含着形而上的哲学思考，还有兴之所至的文学想象。

说起徽州建筑时，赵焰认为“徽州建筑是徽州文化重要标志，也是徽州的精气神所在，它们与山川、河流、田地、道路等融合在一起，构成了徽州整体上的优美、和谐景象。”《徽州老建筑》从民居、祠堂、牌坊、戏台、园林、书院、桥、塔、亭等方面，系统地介绍了徽州老建筑，具有很强的可读性、专业性和知识性。

在看到徽州建筑光亮的正面的同时，赵焰也注意到其明暗交织的侧面甚至背面的阴影处，并由此思考徽州建筑与徽州人之间的相互关联与影响：“在徽州的很多地方，虽然整体结构上呈现出的是从容清秀，但在骨子里，却一直有着那种浓重的戒备和敌意。徽州民居在建筑风格上所呈现出的封闭和内敛，实际上正是徽州人阴暗心理的无意识流露。”徽州本地人看到类似的评说也许并不乐意，但是，剖析得如此深刻，概括得如此精准，令人不得不由衷地信服和敬佩。

他甚至直言不讳地说道：“我一直不喜欢徽州的许多东西，比如，老房子阴森的氛围，硕大而压抑的祠堂。那样的建筑，无论是从建筑思想还是从实用价值上，都有着严重的缺陷。我甚至觉得，徽州古民居承载了太多的教条和传统，压抑了创造力，压抑了人性，也压抑了人们的生活，在此屋檐下生活的人们，个人的空间太小，他们的全部生命，都属于父母、家庭、宗族、伦理等层层叠叠的关系。”由物及人，融会贯通；由浅至深，引人思考。

徽州，对于赵焰来说，是再也回不去的故乡。于是，他以《苍白的乡愁》作为丛书的总序。或许，正是难以排遣的缕缕乡愁，催化出这些不乏理性思考却带有感性色彩的文字。而乡愁情结，时常让人产生共鸣。

在《徽州梦忆》中，赵焰以“如梦”“如幻”“如泡”“如影”“如露”“如电”引题，写徽州的山水民居、写徽州的名门望族、写徽州的商人故事、写徽州的文化名人，如此种种。或娓娓道来，或且叙且议，或慨然叹息，起伏自然，舒缓有致，情驰神纵，挥洒自如。如此真切却空灵、清晰但是迷离的徽州，当然别有一番魅力。莫非，这就是赵焰试图展现的那个真正的徽州？

赵焰为我们呈现的徽州，是一个多方位的徽州，也是一个多层次的徽州，不仅可以看到徽州的风貌、风物，还能够了解和感知徽州的风情、风俗乃至风骨。

其实，拥有不凡的眼力、深邃的眼光、独到的眼界，不仅需要神情的专注、学识的丰厚，更需要一种崇高的情怀，有的时候还需要借助必要的工具。

穿行在这套丛书的字里行间，我感觉赵焰特别有“镜头感”，更像是一个出色的摄影家：他通过广角镜头，在一个更大的时间和空间的视野中去观察徽州的概貌；他使用微距镜头，呈现出徽州文化的细枝末节，丝毫点滴；更多的时候，他透过标准镜头，还原留存于心中的真实的徽州影像，或虚化背景、突出主题，或加大景深、关照远近，力图展露清晰的前后景物；甚至还会通过红外线、X 光等特殊镜头，透视到徽州的骨骼血脉和肌理经络，体现出一种超乎寻常的穿透力。

显然，不同人眼中的徽州是不一样的。佛学认为，眼睛从浅到深，可分为“五眼”：肉眼、天眼、慧眼、法眼、佛眼，分属于凡夫、天人、声闻、菩萨、佛。《无量寿经》云：“肉眼清彻，靡不分了；天眼通达，无量无限；法眼观察，究竟诸道；慧眼见真，能度彼岸；佛眼具足，觉了法性。”

只是，如若按照上述分类，不知赵焰的“第三只眼”究竟能否称作“慧眼”，抑或其他？然而，透过书中的字句，分明可以看清作者的眼神，关切而带有几分忧郁，深沉且隐含少许迷茫。

（2014 年 8 月）

异乡拾痕

晋皖二地，似乎有着不解之缘：中国民居建筑向有“北在山西，南在安徽”之说，晋商和徽商被人们称作中国历史上最成功的两大商帮，两地又都有佛教名山。因此，虽是初次来到山西，却有种似曾相识、并不陌生的感觉，甚至偶尔有些错觉，依稀行走在江淮大地上。

——《似曾相识三晋行》

感怀八大关

走进青岛的八大关街区,恍惚间如同乘坐一辆老火车穿越时空,来到那些影视剧留给我们的场景中:一幢幢造型各异、带有浓郁异国情调的欧陆式别墅隐现在茂密的树林间。疏朗有致的小洋楼不高,多为两三层,但都有一个花草相间的大庭院,院中的大树也都有些年头了,或枝繁如盖,或高耸挺立,时而还能看到搭建在树枝上的鸟窝。房屋之间隔不多远就有一处精美的小公园。

这里临近海岸,纵横交错的主要道路以我国古代关隘命名,原来为8条,故称“八大关”。现已增加到10条,实际上是“十大关”。有以“天下第一关”命名的山海关路,有与老子出关相关联的函谷关路,有得名于万里长城塞外雄关的嘉峪关路等。临淮关路和正阳关路因以安徽凤阳的千年古镇和皖西名镇命名,让来自合肥的我们平添了几分亲切感。

初春时节,微风略带寒意。成排的行道树除松树青翠依然,大多叶落枝疏,形简身轻。路上人少车稀,整个街区显得幽静而安宁。或许是因为长期生活在高楼并立的水泥丛林间,时常穿梭于拥挤的人潮之中,压抑感积蓄得太久,漫步在八大关,时光的节奏似乎有所减慢,空气中依稀弥漫着些许闲适的味道，我们感受到一种难得的舒缓和轻松。

一路上，我们时而信步前行，时而驻足观看。小楼周围的院墙都比较低矮，不少还是镂空的，可以清楚地看到庭院中的景致。一些院门口的标牌上记载了该处房屋的建成时间和建筑师等信息。

欣赏着眼前优雅的庭院式建筑，不由想到徽州古村落的明清民居。那些粉墙黛瓦、精雕细刻的深宅小院集聚成片，与青山绿水相互映衬，素雅古朴，散发出浓郁的乡土气息，别有一番意韵。不过，显得有些局促，有些自闭，过于内敛，彼此类似。而这些独立院落别墅洋溢着典型的西洋风味，看上去通透亮堂，色调明快，庭院开阔，颇具个性。只是比较另类，稍显张扬，有些奢华，可能也容易引发羡慕嫉妒恨吧。二者之间表现出农耕社会的内陆乡村与工业时代的沿海城市、趋于保守的传统观念与时尚前沿的外来思潮在建筑风格方面的明显差异。建筑风格的差异说到底还是生活习俗的差异，是社会文化的差异。正是因为这些建筑各有千秋，带有鲜明的时代烙印，并且极具艺术性和观赏性，因而魅力凸显，备受关注。

居庸关路 14 号是一幢建于 1937 年的美国式民居建筑，由俄国建筑师设计。在拍摄电视剧《宋庆龄和她的姐妹们》时，这里曾被当作宋氏在美国的家，故有“宋家花园”之称。红色的斜坡屋顶，宽大的落地式门窗，门前建有厅廊，整体造型简洁明净。院中草木葱茏，白色的院墙镶嵌着湖蓝色的木格栏，显得清新雅致。

传说中的“公主楼”也坐落于居庸关路，这是一幢丹麦古典式风格的别墅，由一座尖塔和不规则斜顶房屋组成，绿墙红顶，精巧别致，像是用放大的积木随意搭建而成，颇具安徒生笔下童话意境。据称，20 世纪 20 年代末，丹麦王子来到青岛，看上了这里迷人的海滨风光，命驻青岛的丹麦领事建筑此楼，准备请丹麦公主前来观光休养。公主最终没有到来，但“公主

宋家花园

楼”的名字却不胫而走，广为流传。

花石楼地处紫荆关路南端，建于1930年，是中国建筑师设计的，原业主为俄国报业商。此楼正面为圆形和多角形组合而成的建筑造型，墙体用花岗岩砌筑，主楼5层，塔楼顶部为雉堞式女儿墙。这是一幢融合了西方多种建筑艺术风格的欧洲古堡式建筑，既有希腊和罗马式风格，又有哥特式建筑特色。由于地处海岸岬角部位，面向大海，突兀而起，颇有气势。相传蒋介石曾在这里住过，所以此楼又被称为“蒋介石公馆”。

这一幢幢小楼说起来是老房子，可大多属于近代建筑，只有七八十年的历史。它们最初的主人想必都是豪门权贵吧，有的还是当年不可一世的“洋大人”。随着时代变迁，这里早已物是人非。可以肯定的是，眼前的每座楼都有着自己故事，但是已少人知晓并被渐渐淡忘。繁华如梦，转眼成空。尘事浮沉，岁月无情。现在的这些楼房，有的作为景点供游人参观，有的改成酒店，有的用作医院。宁武关路有一座俄国建筑师设计的三层别墅，在此游览时，院内正在遛狗的妇人告诉我们，这里现作为民居使用，住有 6 户人家。对于他们来说，这座楼房不过是普通住宅，与实实在在的烟火生活相关，至于它的往昔似乎并不重要。

由此联想到一度被广为关注的住宅产权话题。住宅产权无疑有着重要的现实意义，但是，如果对此过于敏感和纠结，可能就有些庸人自扰之的意味了。毕竟世事多变，看看八大关小洋楼的命运，再想想若干年后所谓自己的住宅，所有权还果真那么重要吗？且不论现在的住宅寿命几何，即使能够长期存世，居住者也不过是其中的过客。这也许正是“住有所居”比“居者有其屋”更为重要的内在原因吧。

据介绍，八大关区域现存文物建筑 300 余栋，包括俄国、英国、法国、德国、美国、日本和丹麦等 20 多个国家的建筑风格，被誉为“万国建筑博览会”。流连其间，细细品味，令人感慨，这里是过往岁月沉淀在这座城市里特有的历史记忆，那些零零落落的故事已随之凝固并转化成眼前一道道醉人的风景。

（2012 年 3 月）

夜游龙门山

夜色中的龙门山，远远望去，灯火阑珊。梦幻般的光影倒映在伊水之中，波光粼粼，显得幽静而神秘。山顶的天幕上，悬挂着一弯淡淡的月亮。

早就听说过洛阳的龙门石窟，可是，眼前星罗棋布的洞窟、万千姿态的雕像群还是让我再次领会到“百闻不如一见”这句话的内涵。

龙门石窟寺群，建于北魏太和年间，先后历经东魏、西魏、北齐、北周、隋唐、五代延至清代，前后达400多年。有大小佛像10万余尊，其中的六成石窟是在唐代修凿的。

宾阳中洞是一座以过去、现在、未来三世佛为题材的佛窟，是北魏时期代表性的洞窟，洞高和深宽均在10米左右。洞内为马蹄形平面，穹隆顶，中央雕刻重瓣大莲花构成的莲花宝盖。正面是以释迦牟尼佛像为主的五尊雕像。主像面部清秀，微露笑意。

奉先寺是龙门石窟规模最大、艺术最为精湛的一组摩崖型群雕。这里共有九尊大像，中间主佛为卢舍那，为释迦牟尼的报身佛，通高17.14米，头高4米，耳朵长达1.9米。在佛学的教义里，佛与菩萨均为男性，而龙门奉先寺的主佛却为女性形象，宛若一位睿智而慈祥的中年妇女。

相传，武则天与卢舍那大佛的面相十分吻合。当时的皇后武则天为建造这座洞窟曾“助脂粉钱两万贯”，并亲率群臣参加卢舍那佛的“开光”仪式。融入传说的这尊卢舍那佛像因此而独具魅力。

奉先寺石窟

我们还游览了因洞顶刻有大型飞天环绕的大莲花藻井图案而得名的“莲花洞”，洞内刻有15000尊佛像的“万佛洞”以及洞门两侧刻有150多种药方的“药方洞”等。这些洞窟的佛像，高大的有10多米，小的只有2厘米见方。

所见的众多佛像形象各异、仪态万千。有的慈祥，有的虔诚，有的矜持，有的面目狰狞，一如人间万象。

夜色中，灯光若明若暗，有些迷离，让人有种恍若隔世的感觉。那些佛像仿佛褪去了坚硬的石质外衣，显得柔和生动起来。我们也有些似梦似醒，不知今夕何年。

在万佛洞的壁沿上，有一尊被誉为龙门石窟里“最美的佛像”。这尊菩萨体态圆润丰满，有着符合黄金分割比例的S型身材，她右手轻举着佛尘，左手很随意地提着甘露瓶，轻衣薄纱，楚楚动人。可惜她的眼睛已被凿去，留下了如同维纳斯断臂般的缺憾。然而，那无从得知的眼神令人浮想联翩。或许，世间最美的，总是存在于人们想象的空间里。

在宾阳三洞，同伴中有人发现最北面的那尊佛像的右手居然做了个"V"字手势，嘴里似乎在叫着"耶"。呵呵，不食人间烟火的菩萨难道也会被凡尘中的现代气息所感染？微微一笑之间，颇感有些亲切。

这些佛像似乎于不经意间打上了时代的印记。北魏的佛像，清瘦修长，衣纹规整密集。唐代佛像则丰腴饱满，身着的袈裟也显得流动飘逸。朝代的更迭、岁月的痕迹、曾经的时尚就这样定格在龙门山的记忆中。

每一尊佛像的背后似乎都隐藏着一段鲜为人知的故事。而我们所略知的，只是故事的梗概。故事里，游牧民族的彪悍汇入了宽广的大河文化，中原厚重的沃土承载着夺目的盛唐风光，而那些残缺不全的佛像身影，俨然被时光风化的那些朦胧的历史片段。

"佛是过来人，人是未来佛。"渐渐的，眼中的这些佛像变得鲜活起来。莫非，我们是在与千百年前的古人相会？可是，石像与我们相向对视，不言不语。显然，它们属于已经凝固的过去。然而，如何把握现在、面向未来，现实中的我们陷入深思。

上上下下，一路走过。陪伴我们的，是流过千年、仍在缓缓流淌的伊水，还有曾经辉映古人、此刻轻轻洒落的月光。行走在夜色灯影中，思绪缥缈，仿佛穿行在漫长的时空隧道里。如醉如痴，依稀梦回千年……

（2009年8月）

德天观瀑

提到瀑布，往往令人想起“飞流直下三千尺，疑是银河落九天”与“瀑布图如绘，悬流势不平”等诗句。如果把庐山瀑布比作一首浪漫的诗篇，把黄果树瀑布比作一幅壮美的图画，那么德天瀑布有何奇特之处呢？带着好奇和疑问，从南宁出发，我和同伴们踏上了往返达 9 个小时车程的德天之旅。

德天是广西大新县境内的一个村庄，与越南毗邻，德天瀑布曾被《中国国家地理》评为中国最美的六大瀑布之一。位于中国境内的德天瀑布与越南的板约瀑布连为一体，此处跨国瀑布长达 200 多米，是亚洲第一、世界第二大瀑布。整个跨国瀑布的右边即为规模较大的德天瀑布，主体部分宽 120 多米，纵深 60 米，落差 70 米。瀑布下的归春河是一段天然的国界。

虽然被导游告知目前是枯水季节，可是德天瀑布水量的充沛超出我们的想象。遥望整个瀑布，一束束激流有的从茂密的丛林间奔腾而下，有的从裸露的山洞口倾泻而出，有的从陡峭的断崖处蜂拥而落，场面甚是壮观。越方的板约瀑布因水量不足仅有几条细窄的水流从崖顶淌下，崖壁上布满了激流冲刷的痕迹，不难想象丰水期与眼前景象的反差。

准确地说，德天瀑布是一处瀑布群。水流分为三级，依次跌落，起伏婉转，颇有一唱三叹的意味。山崖间高高低低的石牙把水流分隔成难以数清的众多瀑布，或宽或窄，或高或低，或分或合，或叠或伸，或直或曲，或急或缓，错落有致，百态多姿。宛如新雨之后天空中流动的一缕缕白云，形状各异，别具意韵；又仿佛是一群群活泼可爱的孩子，放学时奔出校门，争先恐后，欢呼雀跃。

灵动的瀑布使我联想到人工创造的音乐喷泉。或许，律动的水流本身就是一首美妙的歌曲，而眼前的德天瀑布分明就是一部热情奔放、气势恢宏的大合唱。整个瀑布群形成了多个声部，有的高亢明亮，有的浑厚低沉，有的粗犷豪放，有的纤细委婉，有的是强劲的主旋律，有的如轻柔的伴和声，激流奔涌，纵情放歌，此起彼伏，交相辉映。这是一部无伴奏的原生态大合唱，纯朴自然，浑然天成，和谐美妙，动人心弦。

瀑美如歌，荡气回肠。绿水青山，醉人心田。乘坐竹筏，漂流在平缓的归春河上，如同置身于浓淡相宜的水墨长卷中，人也神清气爽起来，旅途的不适和疲劳早已烟消云散。

在河道中央，我们的竹筏两边靠上了两只来自越南方向的小竹排，各有一男一女，头戴绿色头盔的男子手握竹竿撑排，女子则用比较标准的普通话向我们推销各类小商品。看到其中成套的越南纸币上印有胡志明主席的头像，颇感亲切。一套6张崭新的纸币面值18700越南盾，10元人民币就成交了。实际上，按汇率1元人民币可以兑换3000多越南盾，怀揣300多元人民币在越南就成了名副其实的“百万富翁”，听起来真有点回不过神来。

临近断崖底部，只见巨幅瀑布汹涌澎湃，呼啸而来，源源不断，直落河中。浪花飞溅，瀑雾氤氲，水声轰鸣，不绝于耳。那不凡的气势和强烈的冲击力令人震撼。

上岸前行，距瀑布上游水面几百米处，立有一块据称是国家级文物的界碑，这是晚清时期中法战争结束后两国会同勘定界限所立。历经风雨侵蚀的这块石碑1米多高，有些斑驳并且局部残破，但碑上刻着的繁体中文“中国广西界”“五十三号”等字样以及下方的几行法文清晰可见。这块界碑见证着中越边境的风云变化。与之相隔数米，是一块2001年新立的835号界碑，两面的“中国”和“越南”分别用中文和越文刻成。

53号古界碑

小的时候，对于越南的印象，来自那首“越南小朋友，革命志气大，跟着游击队，学会种铁瓜”的儿歌，当时越南处于抗美战争时期，儿歌中的“铁瓜”就是地雷。听说对越自卫反击战期间，这段边境线也用地雷封锁起来。然而，世事无常，昔日的战火硝烟已经远逝。如今，游人们排着长队在老界碑边留影，有的还特意摆出一步跨两国的样子。界碑附近，分辨不出是中方还是越方的村民正在放牛，似乎无视国界的存在而自由通行。我们也很随意地出了一次国，一路上没有看到边防哨卡。看来，只要远离纷争，更多的时候，界碑只是具有象征意义而已。

说起来，邻国之间与邻里之间、同事之间乃至亲友之间的关系有些相似，虽然有时免不了磕磕碰碰，但是，和睦友好相处终究是人们共同拥有的美好心愿。随着时间的推移，多年以后回顾起来，无论是曾经的争斗，还是往昔的恩怨，当时看似轰轰烈烈的所谓重大事件，渐渐地可能演变成微不足道的一段插曲，甚至只是暂留在记忆中的一个笑谈。

界碑的越方侧是一处自由贸易区，简易大棚里聚集着众多的小商铺。看了一圈，大多是香烟、香水、木筷等小商品，还有一些工艺品和不太熟悉的土特产。听说越南的拖鞋是用橡胶制作的，舒适耐穿，有同伴买了好几双。看到一家商铺的拖鞋上挂有标牌，竟是广东某地制造，“世界制造工厂”的广泛影响由此可见一斑。虽是旅游淡季，但游人络绎不绝，你来我往，你买我卖，气氛平静祥和。

瀑美如歌

离别之际，有些留恋。回首眺望尽情放歌的德天瀑布群，心中感慨很多，脑海中忽然闪现出“岁月静好，现世安稳”这句话。只是这个世界并不太平，一些看似寻常的平静生活有时也会成为难以企及的奢望。或许，人世间最美好的歌就是和平之歌吧。

（2012年2月）

兰亭留忆

美丽的天鹅湖坐落于合肥市政务区，在其东南岸边，有一处长约 6 米、宽约 2.5 米的景观石刻，上面刻有王羲之《兰亭集序》（又名《兰亭序》）唐摹本原迹，吸引了不少游人驻足欣赏。

我曾去过兰亭，从绍兴城出发，向西南方向行十多公里即到。兰亭位于兰渚山麓，相传春秋末期越王勾践种兰于此，东汉时建有驿亭，因而得名。东晋永和九年（353 年）农历三月初三，时任会稽内史、领右军将军的王羲之与名士谢安、孙绰以及本家子侄凝之、献之等 41 人在会稽山阴集会，是时有 26 人得诗 37 首，后辑为《兰亭诗》。《兰亭集序》为王羲之为《兰亭诗》所写序言。

兰亭景区不大，有鹅池、曲水流觞、御碑亭、右军祠等景点。其中 3 块碑刻给我印象深刻：一是"鹅池"碑。相传"鹅"字由王羲之所写，挺拔飘逸，而"池"字为其子王献之所写，粗犷豪放，二字风格有别，相得益彰，这块碑也被称为"父子碑"。二是比较独特的御碑。一块石碑上，正面是康熙所临王羲之《兰亭集序》，背面为乾隆所题《兰亭即事》诗作，体现了两位帝王对书法艺术的尊崇及其不俗的书法造诣，人们称为"祖孙碑"。此外，还有康熙手迹“兰亭”碑，这是一块“兰”字缺尾、“亭”字少头的残缺之碑。据说因“文化大革命”时被砸断，中段遗失，仅剩上、下两段，令人感到痛惜。不少游人喜欢用手触摸这块残碑，比划缺失的字迹，以至碑面非常光滑。此碑又称“君民碑”。

其实，现在的兰亭并非晋代原址。1600 多年来，兰亭地址几经变迁。现址为明朝嘉靖二十七年(1548 年)从宋兰亭遗址——天章寺迁移而来，期间几经兴废，今日规模为清代重新修建。虽然时过境迁，但是那一场千古不遇的高雅集会一直留存在历史的记忆中。记得滁州琅琊山也有曲水流觞，枞阳浮山有“洗墨池”，这些历史物存也属于兰亭遗风吧。

《兰亭集序》有“天下第一行书”之称，被历代书界奉为极品。通篇共计 324 字，有重复者，均变化不一，其中 21 个“之”字，各具风韵。传说当时王羲之是乘着酒兴方酣之际，用蚕茧纸、鼠须笔疾书此序。以后也曾再书《兰亭集序》，但均逊色于原作。《兰亭集序》真迹最后落到了唐太宗手中，他爱不忍释，视之为稀世珍品，临死前命人用来殉葬。

王羲之创作和书写的《兰亭集序》，既是书苑珍品，也是文坛杰作。清人吴楚材、吴调侯选注的《古文观止》如此评说《兰亭集序》：通篇着眼在“死生”二字。只为当时士大夫务清谈，鲜实效，一死生而齐彭殇，无经济大略，故触景兴怀，俯仰若有余痛。但逸少旷达人，故虽苍凉感叹之中，自有无穷逸趣。王羲之的《兰亭》诗云：“仰望碧天际，俯磐绿水滨。寥朗无厓观，寓目理自陈。大矣造化功，万殊莫不均。群籁虽参差，适我无非新。”如此博大的胸襟和旷达的情怀，实非常人所及。

王羲之被后世尊为“书圣”，人们对其书法艺术赞誉颇多：“点画秀美，行气流畅”“飘若游云，娇若惊龙”“清风出袖，明月入怀”“贵越群品，古今莫二”，如此等等。然而，人们往往注目于《兰亭集序》的书法艺术，对其文学成就则关注不够。说起来，形神兼备、表里和谐一致应该是文艺创作所追求的最高境界吧。因为被“书圣”的光环所吸引，人们时常忽视了对原作文字内容的探究，更缺乏对王羲之内心世界的深入了解。

与其他艺术门类相同，书法艺术的功夫不仅有深浅之别，也有内外之分。既要精修，也需参悟。造诣高深的名家巨擘，其过人之处往往在于内外兼修，学养丰厚，能够博采众长，融会贯通，最终自成一体。到了一定层次，是气韵生动、出神入化，还是匠气太重、失于油滑，成为判别作品高下的根本标准。通过炒作获取“大师”桂冠，只会沦为笑谈。至于那些堪称神来之笔的传世精品，即便已是“从心所欲不逾矩”的高手，也可遇而不可求。

关于王羲之的故事，流传很多。据唐张怀瓘《书断·王羲之》所载，王羲之写在木板上的字，木工雕刻时，发现墨迹透入木板达三分之深，成语“入木三分”即出自于此。任何一门艺术，天资与勤奋均不可或缺。显然，强劲的笔力离不开勤学苦练。相传王羲之因为练字，把洗笔池染成了“墨池”，他还因常在身上划字磨破了衣襟。成功没有捷径，“书圣”也是练就而成。对于普通人来说，要想有所建树，认知并践行勤能补拙的道理至关重要。

另据南朝宋刘义庆《世说新语·雅量》：太尉郗鉴派人到王家挑选女婿，王家子弟听说太尉家提亲，纷纷精心打扮，希望选中。唯有王羲之躺在东边的竹榻上，敞衣露怀，依然故我。郗鉴闻之，拍手赞叹：“这个坦腹东床的青年就是我要找的佳婿。”便把女儿嫁给了王羲之。成语“坦腹东床”源自于此。然而，这份淡定与洒脱，一般人是学不到的。

人们常说：“字如其人。”艺不可及，或为勤奋不及，或为天资不及，或为学识不及，或为境界不及，抑或还有时运不及吧，但归根到底，关键还是人不可及。在文化艺术领域,有些历史巅峰,只可仰视,无法逾越。

《兰亭集序》唐摹本原迹里,修改涂抹痕迹明显可见,那种瑕不掩瑜的魅力表现出一种得心应手的淡定与自信,一种返璞归真的随意与自然。灵动飘逸的字形之间,魏晋风范依稀可见。只是,那种神韵难以再现。

(2014 年 10 月)

在大佛湾观石刻

来到重庆,我们前去参观大足石刻。那些图文并茂的摩崖石刻,改变了我对于佛教的固有印象。不曾想到,原来佛教教义和塑像竟然也能如同连环画一般简明易懂,通俗有趣。

大足有着“石刻之乡”的美誉。“大足石刻”是大足县境内摩崖造像石窟艺术的总称。该县有大大小小的石窟景点数十处,各类雕像 5 万余尊。我们来到的这处石刻景点名为宝顶山,是由一位名叫赵智凤的僧人于 1174 年至 1252 年(南宋淳熙至淳祐年间)主持开凿而成,前后历时 70 余年。据称,民间流传着“上朝峨嵋,下朝宝顶” 的说法,宝顶山石刻的影响由此可见一斑。

宝顶山石刻是一处罕见的大型佛教密宗石窟道场,石刻群主要分布在一处形如马蹄状的山谷间,此处人称大佛湾。环绕的岩壁上,密密麻麻的石刻造像和文字蜿蜒 500 多米。放眼望去,大气磅礴,甚为壮观。这里是佛家对广大世俗众生进行说教的外道场,除了有众多的菩萨造像外,还通过对世俗的生活场景的刻画深入浅出地诠释佛教的思想教义。

牧牛证觉道场又称“牧牛图”,是一组长约 30 米、高近 6 米的巨幅群雕。此图通过牧人驯牛经过，以牛喻心，以牧牛人喻修行者，阐述佛教“调伏心意”的修正过程。全图共有10组造像，分别是“未牧”“初调”“受制”“回首”“驯服”“无碍”“任运”“相忘”“独照”和“双忘”。整个画面富有浓郁的田园气息，令人回味良久。

“未牧”之时，牛任性奔走，牧牛者怒目牵绳；“受制”之时，牧者举鞭抽牛，牛昂首相对，野性尚存；行至“无碍”，牛低头饮水，鼻中已无穿绳；及至“双忘”，牛静卧小憩，牧者敞怀仰睡。由起初“桀骜不驯”到“心猿意马”，最后已是“物我两忘”了。也许对于大多数人来说，“觉悟”的过程都是如此逐步渐进的。所谓“顿悟”想必也是建立在量变基础之上的质变，只不过是一种剧变而已。

“物我两忘”的意象就是那种“本来无一物，何处惹尘埃”的空灵境界吧，这与道家超然于物外的“逍遥”境界似乎有些异曲同工。我想，这种自由自在的境界应该是世人共同追求的目标，只是各自选择的途径不尽相同。

大足石刻

如果说“牧牛图”是属于“晓之以理”的，那么“父母恩重经变相”就是“动之以情”了。

该组造像反映的是《佛说父母恩重经》的内容。这部经书并非源自印度的梵文佛教经典，而是由唐代高僧吸收儒家父母恩重的孝道观念而编撰的，是佛教中国化、佛儒相结合的产物。

全龛高7米，长15米。上部刻有7尊半身佛像，下用11组连环画似的造像表现出父母含辛茹苦养育子女的艰辛过程。有“怀胎守护恩”“临产受苦恩”“生子忘忧恩”以及“远行忆念恩”等，一连贯的生动情节，感人至深。龛中刻了8个大字：“知恩者少，负恩者多。”警示意味颇为浓厚。按照因果报应的说法，子女不孝对于其父母或许也是一种报应吧，而且还是“现世报”呢。想到这里，我更为深切地感受到为人父母责任的沉重，心中平添了几分忐忑不安。

尽管并不处于“养儿防老”的农耕时代，倡导孝道在当今仍然很有必要。可是，仅有孝心往往是不够的，如果没有一定的财力支撑和精力保障，尽孝也就显得心有余而力不足。任何说教一旦脱离实际可能就成为“空谈”，倡导“孝道”也应与时俱进。在人口老龄化、家庭三代呈“四二一”结构的现实面前，赡养老人不仅是家庭问题，也成为一个需要有关各方共同关注和解决的社会问题。

回过神来，不免有些疑惑，佛教为何也会如此关注世间俗事呢？人们不是常说佛教是一种“出世”的宗教吗？莫非，这就是所谓的“以出世之心，做入世之事”吗？

大佛湾的造像中，还有“威之以祸苦”的，如“地狱变相”就属此类。这组高浮雕摩崖造像高13米左右，长近20米，分为4层。各组造像均有铭文或经文、榜题或讼词、偈语等，图文相配，指明造何种罪孽受何种刑法，作何功德可免何罪，生动形象地展示了“善恶殊报”的主题。

“地狱变相”的上方是以地藏菩萨为中心的一组佛像，其下面两层便是十八层地狱各种恐怖的施刑情景。其中“截膝地狱”的画面表现酒后乱人性，犯戒规的典型事例，如杀父淫母、夫不识妻、父不识子等，生动逼真、淋漓尽致地刻画出酒醉后的种种丑态,故又被称为“戒酒图”。由此推断,“酒后驾车”肇事者日后是要进入地狱受“截膝”之刑的。显而易见,这还是一则关于禁酒的“公益广告”呢,不知那些“醉鬼”们见到会作何感想。

“观无量寿佛经变相”取材于《观无量寿佛经》。这组造像详细地描绘了西方净土神话般的尽善尽美的境界,宣传人人皆有佛性,即使是那些十恶不赦的罪人,只要真心修善持戒,死后亦能前往美妙的极乐世界。如此循循善诱,着实令人向往。可是,来生的一切毕竟显得虚无缥缈、遥不可及,相对而言,人们更为看重也更应把握的还是现实中的当下。

以理服人、以情感人、以苦诫人、以乐诱人,宝顶山石刻的策划创作者通过强烈的艺术表现力把教化意味融入一组组生动难忘的画面中,此举可谓煞费苦心,别具一格。于是乎,深奥的教义变得通俗直观,遥远的彼岸变得清晰可见,神秘的佛性也变得温和亲近起来。

以上几组造像仅为大佛湾石刻的一部分。据介绍,大佛湾有沿岩造像31龛窟,碑刻7通,题记17则,舍利宝塔2座,内容非常丰富。说起来,弘扬佛法也属于思想教育的范畴呢。我不信佛,但这并不妨碍我以敬重的态度和欣赏的眼光看待这门相对陌生的宗教信仰。毕竟,佛教也是一门博大精深的学问。从大佛湾石刻的创作理念和表现形式中,我们似乎可以受到某些启迪,如能感知一二,也就不虚此行了。

（2011年7月）

珠江夜色

出差广州，与同伴们相约夜游珠江。来到位于海珠广场附近的天字码头，我们登上了“珠江明珠”号游轮。

游轮缓缓起航，破浪东行。伫立船头，放眼远望，夜色中的城市，铺天盖地般地被一块硕大无比的深色画布笼罩着，那些璀璨的灯火好似由神奇的画笔点缀出的美丽花朵，竞相绽放，争奇斗艳。我们仿佛就置身于这座由各色灯花组成的“花城”之中。

两岸的灯火倒映在江水中，波光粼粼，五光十色。整个珠江化作一条飘动的彩练，翩然轻舞，神采飞扬。

岸边的一座座建筑物被灯光点亮的线条勾勒出迷人的轮廓，呈现与白天截然不同的风情。如同一群换上晚礼服的白领丽人，褪去了职业装的庄重和矜持，变得婀娜多姿，变得妩媚动人，变得柔情万种，变得活色生香。

由于天阴并时有细雨飘落，夜空中难觅星月的踪影。行驶在江面上，那些灯火辉映、各具特色的建筑因为距离的变化，在我们的视野中忽而由暗变亮、迎面而来，忽而由亮转暗、悄然远去。就在这忽远忽近、忽近忽远的转换之中，我们时而眼前一亮，为之欢欣；时而转身回望，有些留恋抑或有些惆怅。世间诸事无常，人生总是每每遭遇诸如此类的交替变迁。

一路前行，岸边的景色精彩纷呈，让我们目不暇接、惊叹不已。星海音乐厅犹如一颗巨大的宝石镶嵌在江畔，熠熠生辉，光彩夺目。而一座点亮着“IFC”字样的摩天大厦在北岸的楼群里给人以鹤立鸡群的感觉，有同伴随即用手机上网搜索，原来这就是广州的国际金融中心，看上去确实如同“通透水晶”一般。不一会儿，我们临近了传说中的“小蛮腰”——广州新电视塔。注目凝视，只见其腰肢的轮廓逐渐清晰起来，其周身的灯光也显得亮堂起来。尽管她那亭亭玉立的身姿早就在电视、网络等媒体上见识过，但如此近距离现场观赏还是令人惊艳。在我们的仰视中，那扭转着的腰身上，如模特走秀般不时地更换着绚丽多变的彩裙，一会儿是红色的，一会儿是蓝色的，一会儿又变成红黄蓝相间的，像是在刻意地、尽情地展示她那娇美俏丽的身材。

“小蛮腰”夜景

珠江上的大桥真多，隔不多远就展现一座。有的如长虹飞落，缤纷亮丽。有的似巨龙横亘，气度恢弘。猎德大桥的单塔，宛若圆润玲珑的贝壳，成为悬挂在珠江颈项上的一颗独特而精致的吊坠。双塔斜拉索的海印大桥就像两把高大的竖琴，巍然耸立在流光溢彩的江水中。感受着习习晚风的吹拂，耳边隐约传来夜色奏鸣曲的旋律，浪漫而悠扬，在天水之间穿行回荡，在夜色之中飘散弥漫。

夜色中的珠江，像是灯光营造的童话世界，各类建筑变幻成一个个晶莹剔透的工艺品，琳琅满目，引人遐思。夜色中的景物，像是罩着面纱，显得有些朦胧，有些虚幻。夜色中的我们，像是有些微醺，眼神有些飘忽，有些迷离。恍惚之中，难以分辨，是天河落入凡界，还是人间自有仙境。

珠江的夜景是一幅写意作品，灯火闪烁，灿若星辰。珠江的夜景又是一幅写实作品，是源于生活真实基础之上的艺术真实。珠江的夜景是人工精心装扮而成的辉煌巨作，万千灯火不仅扮靓了珠江夜色，也扮靓了众多观赏者的心情以及他们内心深处留下的记忆。

暂时告别现实中的喧闹，去潜心感受一段如梦如幻、如醉如痴的唯美时光，这或许是人生难得的一种超然享受。

（2011年9月）

徜徉在中央大街上

一座大厦，往往成为一个城市的标志性建筑。一个故事，往往成为一个城市的永恒记忆。在哈尔滨，一条中央大街，则浓缩了这个城市的历史。

踏进中央大街，强烈的现代商业气息扑面而来，鳞次栉比的商场，摩肩接踵的人流，此起彼伏的叫卖声，争奇斗艳的广告牌，看似与其他商业步行街如出一辙。然而，喧嚣热闹的氛围掩盖不住那优雅不俗的身姿，沿街矗立的是一座座欧陆风格的古典建筑，昭示着这条大街的与众不同。

中央大街原名中国大街，位于松花江南岸。这片土地起初是一片草甸子。自 1898 年开始，随着中东铁路的铺设和哈尔滨开埠，人们在这里大兴土木。受第一次世界大战和俄国国内战争的影响，俄罗斯、波兰、德国、丹麦、奥地利、日本等十几个国家的侨民汇聚哈尔滨，一时间洋人商贾云集，洋行店铺林立，“中国大街”成为那些冒险家的乐园。哈尔滨也因此成为当时远东地区最大的国际都市之一。

即使在现在，街头竖立的形如俄罗斯套娃的园艺小品，特色鲜明的俄罗斯商场，“大列巴、大列巴”（列巴是俄语面包的音译）的叫卖声，还有不时闪现的金发碧眼的男男女女，让我们近距离地感受到这条大街浓郁的异域风情。

中央大街被称作建筑艺术博物馆。全街区现有欧式、仿欧式建筑75栋，各类保护建筑36栋。其中，沿这条全长不到1.5公里的主街建有历史建筑25栋，汇集了欧洲文艺复兴、巴洛克、折中主义、新艺术运动等风格的建筑。整条街道由形似小面包的花岗岩方石铺成，每块长18厘米宽10厘米，显得圆润而精巧。有人估算，整条街大约铺有方石87万块。听当地人说，每块面包石长1米，像木桩子一样，是一根一根钉到地里的，每块石头当时价值1个银元(也有人说是1美元)。不知这个传说是真是假。

有哲人说，建筑是“凝固的音乐”。按此比喻，中式风格的“青砖小瓦马头墙，回廊挂落花格窗”就是一曲丝竹民乐，细腻入微，情韵悠悠；圆顶、尖顶、轮廓丰富、形体多变的欧式建筑则如同一部管弦交响乐，气势恢宏，华彩绽放。我却以为，沿街的建筑更像是城镇的服饰，江南古镇的店铺宛

街景一瞥

如简约合身、清雅得体的旗袍一族；中央大街的西欧洋房就是造型各异、装饰精致的华丽婚纱。

教育书店位于中央大街120号，门口有块“历史建筑”标牌。据介绍，此楼“原为日本商人水上俊比左开办的松浦洋行。始建于1916年，1918年竣工。设计师为俄国人A·A·米亚科夫斯基。砖混结构，仿巴洛克式建筑风格”。有资料称，这是哈尔滨市最大的巴洛克建筑代表作品，也是中央大街的标致型建筑。半球状穹窿、深红色阁楼、圆弧形阳台以及装饰别致的窗檐给我留下了深刻印象。

中央大街107号的雅戈尔服饰，原为法籍犹太人萨姆索诺维奇兄弟商会，后成为秋林洋行道里分行。砖混结构，各层间以腰线分割，自下而上窗口逐渐缩小，属于新艺术运动建筑风格。

马迭尔宾馆原为俄籍犹太人约瑟·加斯普经营的旅馆，位于中央大街89号。该建筑始建于1906年，1913年全面竣工。设计师为C·A·文萨恩。“马迭尔”是俄语的音译，听起来与英语音译的“摩登”发音有些相似，二者的意思比较接近，即时尚的，现代的。这家旅馆是当时哈尔滨最豪华的多功能旅馆之一。门前的大幅广告牌上，展示着以该宾馆为背景拍摄的诸多影视剧的剧照。显然，这是一座藏有很多故事的老建筑。

1933年8月24日，哈尔滨发生了震惊中外的“西蒙·加斯普绑架案”，被绑架者是马迭尔旅馆老板的小儿子，后惨遭杀害。战乱时期，各路要员和谍报人员也时常入住藏身此处。暗藏杀机，谍影迷雾，马迭尔旅馆一度笼罩在阴沉而神秘的气氛中。

走进该宾馆，走廊里悬挂着曾在此下榻的宋庆龄、郭沫若等历史名人照片，另一面的橱柜里则陈列着不同时期该酒店使用的各类器具。墙上挂着的使用于1906年的老电话也非常醒目。在二楼和三楼客房的房门上，有标牌说明曾经入住的历史名人和入住时间。如茅盾 1949 年入住过 312 房间，美国著名记者埃德加·斯诺 1934 年入住过 314 房间，宋庆龄 1929 年 5 月 16 日曾下榻于 315 房间，还有沈钧儒、许广平、田汉、徐悲鸿等入住过的房间，可谓名流汇聚。宾馆里静悄悄的，脚下的楼板依稀有点颤动，不经意间，我们走进了这座老建筑的记忆深处。

岁月的流逝，慢慢淡化了过去的伤痕；时代的变迁，渐渐抹去了过往的印迹。同样是在这条街道上，一块块面包石曾经在敌寇铁蹄的践踏下发出无助的呻吟；同样是在这片土地上，前辈们为争取国家独立和民主自由而浴血抗争。一幕幕，一回回，那是不能忘却的历史，那是值得珍藏的永久回忆。温故而知新，幸福来之不易，和平理当珍惜，屈辱的历史决不容重演！

有的时候，前世今生的时空转换，仿佛就在一墙之隔。与马迭尔宾馆内宁静气氛形成强烈反差的是，门外的大街上热闹非凡。正赶上举办音乐节和啤酒节，劲爆的音乐、畅饮的人群是此时中央大街的典型特征。我们仿佛是从梦中醒来，一时难以适应。品尝着马迭尔冷饮店颇有名气的两块钱一根的冰棍，我们缓缓融入不夜的街景之中，感受着这座城市脉动的节奏，继续徜徉在中央大街上……

（2012 年 9 月）

走近孔子

曲阜，这片打上孔子印记的故土如今变成一方喧嚣扑面的热土。众多游客，熙熙攘攘；导游讲解声，此起彼伏。显然，人们奔着孔子而来，尽管当初的遗迹早已面目全非。

谈起孔子，我们似乎并不陌生，可是孔子真实相貌究竟如何，却无从知晓。孔庙的大成殿庄严雄伟，里面供奉着孔子塑像。这是一尊“冕十二旒、衮服九章”的帝王形象。然而，有着“素王”之称的孔子并非真正的帝王，这尊塑像显然是夸张的，也是变形的。

虽说人的容颜会随着年岁等因素而改变，但诸多孔子像千差万别，似是而非，甚是离谱。除了帝王像，还有夫子像、菩萨像、神仙像，以及争议颇多的“标准像”等；有写实派的、写意派，也有印象派的；有其丑无比的，也有相貌堂堂的；有诸多内地版的，也有各种海外版的。据说，美国芝加哥供奉的孔子是大长脸，日本人供奉的孔子是矮胖墩，南美洲的孔子是黑皮肤……看上去，孔子似乎拥有神奇的“变脸”绝技。

曲阜的朋友送我一套翻印的乾隆年版《论语》，朱熹集注，上下两册。按“半部论语治天下”的说法，读好其中一册就足够了。该书扉页印有“先师孔子行教像”，这幅画像与书中“子温而厉，威而不猛，恭而安”的描述倒是比较相符。

《史记·孔子世家》中，有孔子“生而首上圩顶，故因名曰丘云”、身高“长九尺有六寸”（约合当今 1.9 米）等记载，但仅凭头顶中间是凹下去的微小特征和身高等方面的稀少信息难以推测孔子的全貌。毕竟年代久远，孔子的形象变得茫然不清，变幻莫测，琢磨不透，真伪难辨，宛如浮现于天际间的海市蜃楼。

也许，我们只有从留存的史籍资料中寻找到一个接近真实的孔子，尽管那是一个并不清晰的身影。

孔子一生的主要经历，简而言之，一是教学，二是做官或者奔走在求官的路上。

作为老师，孔子无疑取得了巨大的成功，而且绝无仅有。“十有五而志于学”，学道不倦；三十来岁从事教育，“如切如磋，如琢如磨”，诲人不

孔庙大成殿

厌。学识渊博、通达事理的孔子培养出“三千弟子、七十二贤者”，成为“万世师表”。

印象中的孔子，从不像后世的那些私塾先生，动辄手执象征着为师尊严和威望的戒尺，用以鞭策后学。孔子的言传身教，似细雨润物，潜移默化。所谓“威而不猛”，应该是一种相当高超的影响力吧。

徘徊在杏坛前，我想象着“弟子读书，孔子弦歌鼓琴”的场景，耳边似乎响起朗朗诵读声：“学而时习之，不亦说乎？有朋自远方来，不亦乐乎？人不知而不愠，不亦君子乎？”孔子侃侃而谈时，应该带着浓厚的山东口音吧？对于孔子来说，传道、授业、解惑的时光无疑是开心的，可以“乐以忘忧，不知老之将至”。在这种其乐融融的教学氛围中，孔子还带领弟子整理了《诗经》《尚书》，修编了《春秋》。

孔子死后，“弟子皆服三年”，子贡服丧守墓竟达六年之久。师生如同父子，此情之深，足以感动天地。

孔子做过官，却是仕途的失意者，当过管理仓库和牧场的小吏，并历任中都宰、司空、大司寇等职务，还一度代理宰相。因为与当政者“道不同”，他周游列国，四处碰壁，壮志难酬。孔子的“跑官”，目的是推行并实现自己的政治主张。然而，夫子风范和书生意气向来难以被官场接纳，远大的抱负与理想的结局之间往往如同阴阳两隔。

风尘仆仆，艰难行进，以至被人称为“丧家狗”。一个苍凉的背影就这样定格在历史的记忆中。看不清面部表情，但分明感受到那种忧郁、那种执著、那种无奈、那种落寞，还有发自其心底的深深叹息。是孔子时运不济，还是其主张并不可行？

从粗野走向文明是人类历史发展的必然。可是，在物竞天择、弱肉强食的自然法则面前，粗暴野蛮、你争我夺在人类社会也大行其道。身处礼乐崩溃的乱世之中，孔子“知其不可而为之”，奔走呼号，宣扬“仁爱”、倡导“仁政”，如此强烈的济世情怀，犹如一盏明灯，划破茫茫的历史夜空，闪耀着人性的光辉。也许正因如此，才有了“天不生仲尼，万古长如夜”的传世感叹吧。

一部《论语》，是中华民族的经典。有专家认为，这本书“获得国家意志的供奉，也获得民间道义的认同”。作为普通人，我更喜欢其中诸如“知之为知之，不知为不知，是知也”“人无远虑，必有近忧”“己所不欲，勿施于人”“三人行，必有我师焉”，如此等等，这类话语，通俗易懂，极富人情味。犹如父老叮咛、姥姥语录，自然朴实，读来倍感亲近。

客观来说，孔子言论有的确实已经过时，况且，即使是“圣人”也绝非完人。难以容忍的是，总有那么一些别有用心者，或偷梁换柱，穿凿附会，或移花接木，断章取义，肆意曲解“孔圣人”言论，意在瞒天过海，为我所用。

子曰：“民可使由之，不可使知之。”这句话本来是讨论诗礼乐教育问题的，有研究者认为此句断成“民可，使由之；不可，使知之”更为合理。可是，统治者们以此当作玩弄愚民权术的借口，以讹传讹，盗名欺世。

子曰：“志士仁人，无求生以害仁，有杀身以成仁。”意思非常明确，倡导为实现“仁道”而不畏牺牲。然而，有人据此演变出誓死效忠个人的名言：“不成功，便成仁。”颇有些借刀杀人的意味。

类似的歪曲解读，与权威结合，背离原义，蒙骗性强，极易引人误入歧途。不明真相者往往因此怪罪于孔子。

孔子去世时，鲁哀公口称“呜呼哀哉”，貌似悲伤难忍。子贡一针见血指出：“生不能用，死而诔之，非礼也！”热衷于强权专制的当政者总是如此，口是心非，擅长说一套做一套，时常还表现出假仁假义的模样。

孔庙里御碑林立，是历代帝王留下的，貌似“尊孔”，实为利用。休言君无君样，务求臣应臣服；不能正己，却欲正人。这些当政者难道不知晓孔子的“其身正，不令而行；其身不正，虽令不从”以及“上好礼，则民莫敢不敬；上好义，则民莫敢不服；上好信，则民莫敢不用情”的教诲吗？

“新文化”的倡导者们，发出“打到孔家店”的呐喊。其实，“孔家店”中兜售的货色不过是历朝历代的统治者们按照自己意愿生产出来的贴牌产品，只是假冒孔子的名义而已。显然，类似的极端反孔潮流，多少有些冲动和鲁莽。至于以孔子为代表的儒家学派后来被演变成与佛教、道教并立的“儒教”，则是因为迎合了统治者利用神权维护政权的需要而盛行于世。

说穿了，那些孔子塑像，不过是一件件远离真实的工艺品，是一具具任人摆布的偶像和傀儡，是一个个依据在位者需要而塑造的思想禁锢工具。这些不仅与真实的孔子相距甚远，甚至与孔子的主张背道而驰。

纷扰繁杂的迷雾，终究难掩先哲的不朽光彩。因为博大精深、自成一体的独立思想，孔子成为中国人的文化符号和集体记忆。孔子的形象，仁厚儒雅，历经风雨侵蚀，始终未曾磨灭。孔子的影响，广泛深远，超越时代，依然左右着我们思考，涉及我们言行，拨动着我们灵魂，无论你自觉还是不自觉。

作为一个历史人物，神坛之上的孔子，是虚构的；真实的孔子，富有人情味，是可敬可亲的，时常浮现在我们身边。

（2013 年 8 月）

似曾相识三晋行

山西曾是先秦时期晋国的主要领地，晋后来分为韩、赵、魏三家，所以山西也被人们称作三晋。晋皖二地，似乎有着不解之缘：中国民居建筑向有“北在山西，南在安徽”之说，晋商和徽商被人们称作中国历史上最成功的两大商帮，两地又都有佛教名山。因此，虽是初次来到山西，却有种似曾相识、并不陌生的感觉，甚至偶尔有些错觉，依稀行走在江淮大地上。

大院风韵

位于晋中市祁县的乔家大院，因为电影《大红灯笼高高挂》而蜚声海内外，并且由于同名电视剧的热播而家喻户晓。

名气很大的乔家大院如今成了热门景点，游人如织，川流不息。乔家大院又称在中堂，是清代著名的商业金融资本家乔致庸的宅第，也是山西最早修复开放的一座晋商大院。其整体布局如同城堡，周边以三丈高的砖墙封闭，当地人称其为“乔家堡”。大院内由一条长近百米的甬道分隔，甬道尽头是乔家祠堂。甬道南北各有 3 个大院，内套 20 个小院，共有 300 多

乔家大院

间高低错落的房屋，尽显豪门大户的气势和排场。

山西的大院不少，听说还有渠家大院、王家大院、曹家大院等，最大的是常家庄园。

常家庄园坐落在晋中市的榆次区，虽然名气不及乔家大院，游人也少得多，但规模和档次远在前者之上。常家庄园融院落园林于一体，建有宅院 80 多座，楼房 50 余幢，房屋 3500 余间，环庄园而建的堡墙长达 4 公里，共开 8 个堡门。据介绍，常氏家族曾经开辟了由福建武夷山至俄罗斯数以万里的国际贸易通道——“茶叶之路”。鼎盛之际，雇员达千余人，骆驼上万峰，是晋商中首屈一指的“外贸世家”。目前，常家大院修复开放的部分有 12 万平方米，仅为原有面积的四分之一，即便如此，仍比乔家大院大 12 倍。不由感叹，山外有山，院外有院啊。

深深的庭院之中，高高悬挂的大红灯笼总是使人联想起那些熟悉的剧情，明争暗斗，妻妾成群，醉生梦死。然而，这些故事未必专属于富豪们，也并非他们生活的全部内容。实际上，不少大户人家定有明文家规，对家庭成员管束严格。《常家家训》要求“凡语必忠信、凡行必笃敬”;《乔家家训》则认定“勤俭持家之本,和顺齐家之本,读书起家之本,忠孝传家之本”。过去的有钱人家大多有三妻四妾,乔家几代人却没有一人纳妾。其实,能立足商界并出人头地,绝非易事,其中必有过人之处。众所周知的败家之举,相信他们也会严加防范。

漫步在封闭的高墙深院里,不由想到徽商故里有着同样格局的明清古民居。同样的砖墙黛瓦,略有差别的是,山西大院的墙体大多是青砖勾缝,而徽州民居惯用石灰粉刷。同样饰以砖雕、石雕、木雕,寓意丰富,精美细致,但山西大院常见大画幅砖雕,如“百寿图”“福德祠”“四狮影壁”等,有的约2米见方,甚为可观。山西大院无论厢房还是正房,不管是楼房还是平房,双坡顶不多,大多采用单坡项,外墙高大,雨水向院子里流,徽州民居则多用天井采光并收集雨水,二者“四水归堂”“肥水不外流”的寓意不谋而合。还有客厅条桌上摆放的花瓶座钟、可以拼拆的半幅圆桌以及那些匾额和楹联等,简直如出一辙。

有人说,建筑是凝固的音乐。徽州民居相对精致内敛一些,格调略显婉约;山西大院阔大亮堂,曲风有些豪放。就好似各自的民歌曲调,代表着天南地北的不同风韵。

平遥古城

山西平遥与安徽歙县、四川阆中、云南丽江并称为“保存最为完好的四大古城”。平遥古城于1997年12月被列入《世界遗产名录》。

平遥古城的城楼和城墙与安徽寿县古城有些相似,城楼均为重檐歇山顶建筑,都带有“瓮城”。过去的城墙往往用于军事防御,“关门打狗”“瓮

平遥古县衙

中捉鳖”的战术大多运用于此。

“衙门八字开”，古代官府衙门的布局一般都大同小异，即使未曾实地游览，影视剧中也或多或少看过一些，不外乎大堂、二堂、内宅，还有牢狱等。

平遥古县衙的大堂前，悬挂着匾额“亲民堂”，其中的“民”字多写了一点，意在“为民多一点”。两边的楹联是：“吃百姓之饭，穿百姓之衣，莫道百姓可欺，自己也是百姓；得一官不荣，失一官不辱，勿说一官无用，地方全靠一官。”看上去颇有些“为民做主”的意味。不过，专制社会的官场上，表里不一、口是心非似乎成了官员的一种习惯。而老百姓关心的，不只是他们口头上怎么说，更重要的是行动上怎么做。

平遥古城西大街，曾经票号云集，被称为“大清金融第一街”。中国第一家票号——“日升昌”就在这条街道上。“日升昌”鼎盛时期，分号遍及全国各大城市及商埠码头，业务远至欧美、东南亚等国，以“汇通天下”而著名。如今的日升昌旧址，已辟为“中国票号博物馆”。

馆中的展板上，我们见到了明代史学家、万历进士谢肇淛《五杂俎》卷四中的一段话：“富室之称雄者，江南则推新安，江北则推山右”；“山右或盐、或丝、或转贩、或窖粟，其富甚于新安”。其中山右即指山西，新安则指徽州。有研究认为，享誉于明清两朝的晋商和徽商，二者盛极而衰的原因，除了缺乏基本的实业以及无法避免的战乱之外，最致命的一点就是依附官场。

晋商中，有的因长途贩运而致富发家，有的以票号兴盛而获利巨丰，这些生意往往受益于明初的边饷政策；一些徽商则是由于获得特许贩卖淮盐的权力而财源滚滚。晋商一般不热衷于读书仕进，却对朝廷的卖官趋之若鹜，不少人因“捐官”获得空头顶戴，有的甚至给离世的长辈捐衔。徽商代表胡雪岩也是因为与朝廷的密切关系而成为名噪一时的“红顶商人”。他们凭借官商身份左右逢源，寻求生财捷径，直至腰缠万贯，甚至富可敌国。

然而，巨大的利益总是与高风险密切相伴。权势的险恶无处不在，两大商帮历经大起大落，最终走向衰败。

在财富的无穷无尽和人生的极其有限之间，即便是精明绝顶之人，有时也难以把握进退取舍，有人因而遭受灭顶之灾。

一座古城的空间里，总是存贮着太多的记忆。穿行在平遥古朴的街巷里，正午时分的阳光下，我们的身影叠印在写满沧桑的青石板道路上。有的时候，历史与现实就这样奇妙地交织在一起，纠缠不清。现实生活中，故事里的情节会时常重现；回顾往事时，依稀可见今人的踪影。

五台山寺庙

曾多次游览的九华山是地藏王菩萨的道场，初次拜访的五台山则是文殊菩萨的道场。两座佛教名山分居南北，既有相似之处，也有明显差异。

两山的主峰均有台顶。九华山的主峰称作天台，海拔高度1325米。五台山有东西南北中五座主峰，山顶均形如台状，故因此得名。五大山峰台顶的寺院分别供奉聪明文殊、狮子吼文殊、智慧文殊、无垢文殊和孺童文殊。显而易见，文殊菩萨以睿智见长。五峰怀抱之中有台怀镇，海拔1700米。虽然五座台峰海拔均在3000米以上，如果从台怀镇出发登临，攀登高度与九华山的天台峰相当。

台怀镇寺院众多，占整个五台山的一半以上，我们先后游览了显通寺、塔院寺、菩萨顶、殊像寺等处。游九华山，有“不到天台，等于白来”一说，隐约呼应着“众生度尽，方证菩提；地狱未空，誓不成佛”的那份执著。不过，现在有缆车通达，登临天台已非难事。游五台山，很少有人能够遍登五峰台顶，或是时间不足，或因体力不支，或有其他原因。好在台怀镇有座黛螺顶寺，供奉着“五方文殊”像，据称，“以五顶山高路遥，有不能尽到者，至此犹至五顶也”。来到这里，也就视同到过五台了。方便之门大开，体现出

文殊洞寺院

善解人意的变通，佛门的智慧由此可管窥一斑。也许，内心是否虔诚与置身何处原本并无关联。其中禅意，耐人寻味。

万佛阁中有座五龙王殿，俗称五爷庙。此庙据说是五台山许愿最灵、香火最旺的地方，人称“有求必应”，入庙跪拜的人在门口排起了队。传说五龙王喜爱听戏，一座古戏台就置于五爷庙对面。前来许愿烧香敬佛的人在愿望达成之后，常来五爷庙还愿，有人还会点上一折戏讨五爷欢心。寺院中建有戏台，倒是比较少见，看来这个五龙王颇有几分凡俗情趣。

三晋大地北通塞外草原，南临中原腹地。可能是地理位置独特的原因，五台山成为全国唯一青庙（汉传佛教）黄庙（藏传佛教）交相辉映的佛教道场，体现了汉满蒙藏多民族文化的交汇融合。陪同我们的东道主与文殊洞住持普兴法师相识，普兴法师闻讯开着他的悍马越野车来接我们。文殊洞距离台怀镇约有六七公里路程，是一座藏传佛教寺院。整个寺院依山而建，半山处有文殊洞，传说文殊菩萨曾在洞中修行。五颜六色的经幡顺着山势蜿蜒起伏，百转千回，绵延不绝，迎风招展。

用过斋饭，普兴法师请我们到会客室喝茶。普兴法师看上去只有 40 岁左右，操一口四川口音，与很多知名人士多有往来。闲谈中得知，他对互联网和手机应用非常了解，对正在播出的法网比赛也表现出较大兴趣。相谈甚欢之际，他为我们播放了他组织的一次为青海边远地区捐资建学校活动的 DVD 影像。电视中，可以看到他们的车队在冰川河床上艰难行进的场景，以及藏民们手持哈达热烈欢迎他们一行的盛大场面。由此，我想起一句话：用出世之心，做入世之事。

与台怀镇的热闹嘈杂不同，相对偏僻的文殊洞宁静安详。显然，这是一处潜心修行的好地方。

真正投身慈善事业者往往具有深切的悲悯心和积极的进取心。其实，无论是个人自发还是团体组织，是民间还是官方，是俗家还是僧人，是来自国内还是海外，只要属于行善积德之举，都值得肯定和倡导。毕竟，行善积德具有普世意义，而现实世界中，需要帮助的人还很多。

汾河风光

“人说山西好风光”，三晋大地确实令人向往迷恋，只是行期短暂，意犹未尽。可能是为了开发管理的便利吧，平遥古城的住户大多被动员搬迁到新城区，那些晋商大院也因无人居住成为纯粹的观光景点。相比较而言，我更喜欢屯溪老街那浓厚的商业气息，熙熙攘攘，一直承袭；还有生意盎然的徽州村落，青山绿水，清新自然，袅袅炊烟，亲切温馨。这样的观点可能有些偏心，可是，“谁不说俺家乡好”呢？

（2013 年 6 月）

曾经是“文青”

（代后记）

微信上有帖子称，联合国世界卫生组织确定新的年龄分段，44 岁以下为青年人，45 岁至 59 岁为中年人。即使如此放宽标准，对我而言，别说被青春撞腰，就是揪一下青春尾巴也不可能。毕竟，已是年过半百的老男人了。

我的青年时期在上世纪 80 年代，那时“文学青年”很受认可。因偶有散文诗见于当地小报，勉强算个“文青”的我不仅在单位得到器重，而且生活中受益匪浅。后来成为妻子的女友以及她的家人，大概也是因此看上我，没有嫌弃一个当时爬电杆的外线工。

45 岁前的一段时间里，我几乎始终求学上课。在职业余学习十多年，直到 MBA 毕业才告一段落。工作在通信企业，这是一个技术密集型行业，从业人员大多带有“理科”色彩，文学气氛淡若似无。我从基层起步，后来走上管理岗位，近年又触及企业法律事务，除了“官司”缠身，“奔五”之际还要参加执业资格考试。人在职场，身不由己。行业内快速的技术和业务更新、激烈的竞争态势以及充满挑战的 KPI（关键绩效指标）考核等，诸多压力让人避之不及。身为凡夫俗子，养家糊口为第一要务，工作上容不得丝毫懈怠。换流行的说法就是:工作虐我千百遍,我待工作如初恋。

其实,人生的每次受“虐”,如同玉石成器的雕琢和打磨,是前行中必须经受的过程。

就个人经历和从业性质来说,我虽然算个“读书人”,却置身“文化圈”之外。迫于工作和学习的压力,我的文学写作时断时续,一度甚至荒废。虽说若即若离,但始终未曾割舍。

与朋友闲谈,自认为只能“与通信业人士说法律,与法律界人士聊文学,与文学类人士谈通信”。看似复合型人才,实为不伦不类。有同事问及,为何爱写散文?答曰:形意散漫者,喜好散文;神情专注者,擅长公文。逗趣之言,彼此会意,相视而笑。虽说“隔行如隔山”,但是“隔行不隔理”。在一定层面上,很多事情存有相通之处。

如果把本职工作比作“责任田”,那么业余爱好就是一块专属个人的“自留地”,或者是独自拥有的“私家花园”。读书写作对于我,与其说是业余爱好,不如说是一种休闲方式更为贴切。人总是要找些乐趣的,而需求的满足就会带来快乐。快乐想必也有强弱之分和长短之别吧,按照马斯洛的需求层次论,快乐还有高低之差。虽说传统的观念里,读书写作更有意义一些。但我觉得,与垂钓、下棋、打牌、玩网络游戏、跳广场舞、练太极拳、学书画等类似,业余时间的读书写作也是为了打发那些无聊的闲暇时光。

种瓜种豆,栽花栽草,选择不同,志趣各异,难说孰高孰低。不过,有点闲情,可以静下心看看书,动动笔(多为敲敲键盘),这样的日子还是值得珍惜的。因为,从中可以感受人生的充实和内心的愉悦,获得一种超然物外的精神享受。

写作是件费心耗神的苦差事,虽说苦中有乐,但是真说不准自己还能够坚持多久。我清醒地知道,以自己“业余水平”笔力,这辈子写不出力作精品，成不了高手名家，只是如同热衷于戏曲的“票友”，偶尔客串一回，确切的身份不过是心目中那些偶像作家的铁杆粉丝。好在不必以文谋生，写多写少、写好写差没有外在压力，全在自己把握。只是，作为一个曾经的“文青”，虽然已经“知天命”，却仍然不忍罢笔。抓得起、放不下、看不开，这种情境当属有些执迷吧。抑或，爱好文学原本就是一条不归之路？

当年的“文青”大多怀有“作家梦”，我也如此。这个梦想成为我坚持写作的重要动力。非常幸运的是，自己的努力得到了肯定和鼓励：一些“本色文字”散见于相关报刊与文集，出版了个人散文集，成为省作家协会会员。这些在行家眼中，虽说都属“小儿科”，但已超出我的预想。历练多年，趋于沉稳，人前故作镇定，刻意保持低调。内心却甚感欣慰，多少有些自得，一些人生缺憾随之淡然失色。而且，新的追求随之被激发。

虽然太多梦想败给了现实，被岁月瓦解风化。但是，确如某名人所言：“梦想还是要有的，万一实现了呢？”为此，更加感念支持与帮助我的各位老师和朋友。

主业不耽误，副业小秋收。这样的生活虽说难比土豪一族的肆意任性，远不及“诗书人生”的洒脱惬意，但也是一种可以知足的“小康”日子吧。

关于“青年”的界定，标准并不严格。有位年长于我的文友，最近新书出版，媒体仍称其“青年作家”。偶尔，有人说我看上去比“生理年龄”年轻一些。作为崇尚老成持重的大老爷们，对于此类评说不免有些尴尬。于是，打着哈哈，很“文学”地调侃道：男人嘛，何必把沧桑刻写在脸上，应该把岁月铭记在心里。其实，没有人能够“逆生长”，我从不刻意且并不擅长保健养生。私下里寻思，莫非爱好文学能够使人年轻？

“笑一笑，十年少。”以上所云，皆为笑谈。茫茫人世间，一笑风云过。